MY LIFE AS
EMPEROR

我的帝王生涯

苏童 著
SU TONG

人民文学出版社

图书在版编目(CIP)数据

我的帝王生涯/苏童著. —北京:人民文学出版社,2018
ISBN 978-7-02-014256-9

Ⅰ.①我… Ⅱ.①苏… Ⅲ.①长篇小说—中国—当代 Ⅳ.①I247.5

中国版本图书馆 CIP 数据核字(2018)第 093546 号

责任编辑　赵　萍
责任校对　韩志慧
责任印制　徐　冉

出版发行　人民文学出版社
社　　址　北京市朝内大街 166 号
邮政编码　100705
网　　址　http://www.rw-cn.com

印　　刷　三河市鑫金马印装有限公司
经　　销　全国新华书店等

字　　数　122 千字
开　　本　850 毫米×1168 毫米　1/32
印　　张　7.5
印　　数　1—20000
版　　次　2018 年 9 月北京第 1 版
印　　次　2018 年 9 月第 1 次印刷

书　　号　978-7-02-014256-9
定　　价　42 元

如有印装质量问题,请与本社图书销售中心调换。电话:010-65233595

第 一 章

1

父王驾崩的那天早晨，霜露浓重，太阳犹如破碎的蛋黄悬浮于铜尺山的峰峦后面。我在近山堂前晨读，看见一群白色的鹭鸟从乌桕树林中低低掠过，它们围绕近山堂的朱廊黑瓦盘旋片刻，留下数声哀婉的啼唳和几片羽毛，我看见我的手腕上、石案上还有书册上溅满了鹭鸟的灰白稀松的粪便。

是鸟粪，公子。书童用丝绢替我擦拭着手腕，他说，秋深了，公子该回宫里读书了。

秋深了，燮国的灾难也快降临了。我说。

前来报丧的宫役们就是这时候走近近山堂的，他们手执一面燮国公的黑豹旌旗，满身缟素，头上的丧巾在风中款款拂动。走在后面的是四名抬轿的宫役，抬着一顶空轿，我知道我将被那顶空轿带回宫中。我将和我敬重或者讨厌的人站在一起，参加父王的葬礼。

我讨厌死者，即使死者是我的父亲，是统治了燮国三十年的燮王。现在他的灵柩安置在德奉殿中,周围陈列着几千朵金黄色的雏菊,守灵的侍兵们在我看来则像一些墓地上的柏树。我站在德奉殿的第一级台阶上,那是祖母皇甫夫人携我而上的,我不想站在这里,我不想离灵柩这么近。而我的异母兄弟们都站在后面,我回过头看见他们用类似的敌视的目光望着我。他们为什么总喜欢这样望着我?我不喜欢他们。我喜欢看父王炼丹的青铜大釜,它现在被我尽收眼底,我看见它孤单地立于宫墙一侧,釜下的柴火依然没有熄灭,釜中的神水也依然飘散氤氲的热气,有一个老宫役正在往火灰中加添木柴。我认识那个老宫役孙信,就是他多次到近山堂附近的山坡上砍柴,他看见我就泪流满面,一腿单跪,一手持柴刀指着燮国的方向说,秋深了,燮国的灾难快要降临了。

有人敲响了廊上悬挂的大钟,德奉殿前的人一齐跪了下来,他们跪了我也要跪,于是我也跪下来。我听见司仪苍老而遒劲的声音在寂然中响起来,先王遗旨……王遗旨……遗旨……旨……

祖母皇甫夫人就跪在我的旁边,我看见从她的腰带上垂下的一只玉如意,它被雕刻成豹的形状,现在它就伏在台阶上,离我咫尺之遥。我的注意力就这样被转移了,我伸出手悄悄地抓住了玉如意,我想扯断玉如意上的垂带,但是皇甫夫人察觉了我的用意，她按住了我的那只手，她轻声而威严地说，端白，听着遗旨。

我听见司仪突然念到了我的名字，司仪加重了语气念道，立五子端白承袭燮王封号。德奉殿前立刻响起一片嘤嘤嗡嗡之声，我回过头看见了母亲孟夫人满意而舒展的笑容，在她左右听旨的嫔妃们则表情各异，有的漠然，有的却流露出愤怒而绝望的眼神。我的四个异母兄弟脸色苍白，端轩紧咬着他的嘴唇，而端明咕哝着什么，端武朝天翻了个白眼，只有端文故作镇静，但我知道他心里比谁都难受，端文一心想承袭王位，他也许没想到父王会把燮王王位传给我。我也没想到，我从来没想到我会如此突然地成为燮王，那个炼丹的老宫役孙信对我说，秋深了，燮国的灾难快要降临了。可是父王的遗诏上写着什么？他们要让我坐在父王的金銮宝座上去啦。我不知道这一切意味着什么。我十四岁，我不知道为什么挑选我继承王位。

祖母皇甫夫人示意我趋前接旨，我向前走了一步，老迈的司仪捧出了父王的那顶黑豹龙冠，他的动作颤颤巍巍，嘴角流出一条口水的黏液，使我为他担忧。我微微踮起脚，昂着头部，等待黑豹龙冠压上我的头顶。我觉得有点害羞和窘迫，所以我仍然将目光转向西面宫墙边的炼丹炉，司炉的老宫役孙信坐在地上打盹，父王已经不再需要仙丹，炼丹的炉火还在燃烧。为什么还在燃烧？我说。没有人听见我的话。黑豹龙冠已经缓慢而沉重地扣上我的头顶，我觉得我的头顶很凉。紧接着我听见德奉殿前的人群中爆发出一声凄厉的叫喊，不是他，新燮王不是他。我看见从嫔妃的行列中冲出来一个妇人，那是端文和端武的母亲杨夫人，我看见杨夫人穿越目瞪口呆的人群拾级而上，径直奔到我的身边。她疯狂地摘走我的黑豹龙冠，抱在胸前。你们听着，新燮王是长子端文，不是五子端白。杨夫人高声大叫着，从怀里掏出一页宣纸，她说，我有先王遗诏的印件，先王立端文为新燮王，不是端白。遗诏已经被人篡改过啦。

德奉殿前再次哗然。我看着杨夫人把黑豹龙冠紧紧抱在胸前，我说，你想要就拿去吧，我本来就不喜欢。我想趁乱溜走，但祖母皇甫夫人挡住了我的去路。一群侍兵已经上去擒住了疯狂的杨夫人，有人用丧带塞住了她的嘴。我看见杨夫人被侍兵们抬下去，迅速离开了骚动的德奉殿。

我愕然，我真的不知道这一切是为了什么。

我登基的第六天，父王的灵柩被运出了宫中。出殡的队伍浩浩荡荡涌向铜尺山的南麓，那里有燮国历代君王的陵墓，也有我早夭的同胞兄弟端冼的坟穴。路上我最后一次瞻仰了父王的遗容，那个曾经把玩乾坤的父王，那个英武傲慢风流倜傥的父王，如今像一段枯萎的朽木躺在楠木棺椁里。我觉得死是可怕的。我从前认为父王是不死的，但他千真万确地死了，像一段枯萎的朽木躺在巨大的棺椁里。我看见棺椁里装满了殉葬品，有金器、银器、翡翠、玛瑙和各种珠宝，其中有许多是我喜欢的，譬如一柄镶有红宝石的短铜剑，我很想俯身去取，但我知道我不能随便猎取父王的殉葬品。

车马都停在王陵前的洼地上，等待着宫役们运来陪葬嫔妃们的红棺。他们是跟在我们后面的。我在马上数了数，一共有七口红棺。听说陪葬的嫔妃们是昨夜三更用白绢赐死的，她们的红棺将从上下东西的方向簇拥父王的陵墓，组成七星拱月的吉祥形状。我还听说杨夫人也已被赐死殉葬，她拒死不从，她光着脚在宫中奔逃，后来被三个宫役追获，用白绢强行勒毙了。

七口红棺拖上王陵时，有一口棺木内发出沉闷的撞击声，众人大惊失色。后来我亲眼看见那口棺盖被慢慢地顶开了，杨夫人竟然从棺中坐了起来，她的乱发上沾满了木屑和赤砂，脸色苍白如纸，她已经无力重复几天前的呐喊。我看见她最后朝众人摇动了手中的遗诏印件，很快宫役们就用沙土注满了棺内，然后杨夫人的红棺被重新钉死了，我数了数，宫役们在棺盖上钉了十九颗长钉。

我对于燮国的所有知识都来自于僧人觉空。他是父王在世时为我指定的师傅。觉空学识渊博,善舞剑弄枪,也善琴棋书画。在近山堂寒窗苦读的那些日子里,觉空跟随我左右,他告诉我燮国的二百年历史和九百里疆域,历代君王的业绩和战死疆场的将士故事,他告诉我燮国有多少山脉多少河流,也告诉我燮国的人民主要以种植黍米和狩猎打鱼为生。

我八岁那年看见过一些白色的小鬼,每逢掌灯时分,那些小鬼就跳到我的书案上,甚至在棋盘的格子里循序跳跃,使我万分恐惧。觉空闻讯赶来,他挥剑赶走了白色的小鬼。因此我从八岁起就开始崇拜我的师傅觉空了。

我把僧人觉空从近山堂召到宫里。觉空趋前跪拜时神色凄清,手执一部书页翻卷的《论语》。我看见他的袈裟上绽开了几个破洞,麻履上沾满了黑色的污泥。

师傅为何手持《论语》上殿?我说。

你还没有读完《论语》,我折页做了记号,特意呈上请燮王将书读完。觉空说。

我已经成为燮王,为何还要纠缠我读书?

燮王如果不再读书,贫僧就要回苦竹寺修行去了。

不许回寺。我突然大叫起来，我接过觉空手中的《论语》，随手扔在龙榻上，我说，我不许你离开我，你走了谁来替我驱鬼？那些白色的小鬼，它们现在已经长大，它们会钻到我的帐帷里来的。

我看见两侧的小宫女都掩口而笑，她们明显在窃笑我的胆怯。我很恼怒，我从烛台上拔下一支烧着的蜡烛，朝一个小宫女脸上砸去。不许笑。我厉声叫道，谁再笑我就让她去王陵殉葬。

宫苑中的菊花在秋风里怒放，我的目光所及之处，都是一片讨厌的散发着死亡气息的黄颜色。我曾经让园丁铲除宫苑中的所有菊花，园丁嘴上唯唯诺诺，暗地里却将此事禀报了祖母皇甫夫人，后来我才知道在宫苑中遍植菊花是她的意思，她在花卉中酷爱菊花，而且皇甫夫人坚持认为菊花的异香对她的头晕病有所裨益。母后孟夫人曾经悄悄地告诉我，祖母皇甫夫人在秋天大量食用菊花，她让宫厨们把菊花做成冷菜和汤羹，那是她长寿和治病的秘诀。我听了不以为然。菊花总是让我联想到僵冷的死人，我觉得吞食菊花就像吞食死人腐肉一样，令人难以忍受。

钟鼓齐鸣，我上朝召见大臣官吏，当廷批阅奏章。那时候祖母皇甫夫人和母后孟夫人就分坐于两侧。我的意见都来源于她们的一个眼色或一句暗示。我乐于这样，即使我的年龄和学识足以摒弃这两位妇人的垂帘听政，我也乐于这样以免去咬文嚼字和思索之苦。我的膝盖上放着一只促织罐，罐里的黑翼促织偶尔会打断沉闷冗长的朝议，发出几声清朗的叫声。我喜欢促织，我只是担心秋凉一天凉似一天，宫役们去山地里再也找不到这种凶猛善斗的黑翼促织了。

我不喜欢我的大臣官吏，他们战战兢兢来到丹陛前，提出戍边军营的粮饷问题和在山南实行均田制的设想，他们不闭上嘴，皇甫夫人不举起那根紫檀木寿杖，我就不能罢朝。我不耐烦也没有办法，僧人觉空对我说过，帝王的生活就是在闲言赘语和飞短流长中过去的。

皇甫夫人和孟夫人在群臣面前保持着端庄温婉的仪容，互相间珠联璧合，辅政有方，但是每次罢朝后两位夫人免不了唇枪舌剑地争执一番，有一次群臣们刚刚退出恒阳殿，皇甫夫人就扇了孟夫人一记耳光。我感到很吃惊，我看见孟夫人捂着脸跑到幕帘后面去了，她在那里偷偷地啜泣，我跟过去望着她，她边泣边说，老不死的东西，早死早好。

我看见一张被屈辱和仇恨扭曲的脸，一张美丽而咬牙切齿的脸。从我记事起，这种奇特的表情就在母亲孟夫人脸上常驻不变。她是个多疑多虑的妇人，她怀疑我的同胞兄弟端冼是被人毒死的，怀疑的具体对象是先王的宠妃黛娘。黛娘因此被割去十指，投入了肮脏的冷宫。我知道那是犯有过错的嫔妃们的受难地。

我偷偷地去过后面的冷宫。我想看看黛娘被割去十指的手是什么样子。冷宫确实阴冷逼人，庭院四处结满了青苔和蛛网。我从木窗中窥见了昏睡的黛娘，她睡在一堆干草之上，旁边有一只破朽的便桶，那股弥漫于冷宫的酸臭味就是从便桶中散发的。我看见黛娘翻了个身，这样她的一只手就面向我了，它无力地垂放在草堆上，垂放在一缕穿窗而过的阳光里晾晒。我看见那只手形如黑饼，上面溃烂的血痂招来了一群苍蝇，苍蝇无所顾忌地栖息在黛娘的残手上。

我看不见黛娘的脸。宫中妇人如云，我不知道谁是黛娘。有人告诉我，黛娘就是那个善弹琵琶的妃子。我想不管她是谁，一旦被割除十指就无法再弹琵琶了。在往后的欢庆佳节中，不知是否还会有美貌的妇人在花园里怀抱琵琶，拨弄珠玑撞玉的仙境般的音乐？我不怀疑黛娘曾经买通宫厨，她在我胞兄端冼的甜羹里下了砒霜。但我对割除十指的方法心存疑窦。我曾询问过母亲孟夫人，孟夫人沉吟了片刻回答道，我恨她的手。这个回答不能使我满意，我又去问过师傅觉空，觉空说，这很简单，因为黛娘的手能在琵琶弦上弹奏美妙的音乐，而孟夫人不会弹琵琶。

到我登位为止，梧桐树林里的冷宫大约幽禁了十一位被废黜的嫔妃。入夜时分从冷宫飘来的啼哭声萦绕在我的耳边，我对此厌烦透顶，却无法制止冷宫的夜半哭声，那是些脾性古怪置生死于度外的妇人，白天蒙头大睡，到深夜就精神矍铄，以凄厉哀婉的哭声摇撼我沉睡的大燮宫。我对此真的厌烦透顶，我不能让宫役们用棉花团塞住那些妇人的嘴巴，冷宫是禁止随意进出的。我的师傅觉空建议我把它当作夜宫中正常的声音，他说这种哭声其实和宫墙外更夫的铜锣声是一样的，既然更夫必须随时报告夜漏的消息，冷宫里的嫔妃也必须以哭声迎接黎明的到来。你是燮王。僧人觉空对我说，你要学会忍受一切。

我觉得僧人觉空的话听来很费解，我是燮王，为什么我要忍受一切？事实上恰恰相反，我有权毁灭我厌恶的一切，包括来自梧桐树林的夜半哭声。有一天我召来了宫中的刑吏，我问他有没有办法使那些妇人哭不出声音，他说只要剜去她们的舌头她们就哭不出声音来了。我又问他剜去舌头会不会死人，刑吏说只要剜得准就不会死人。我说那你们就去剜吧，我再也不要听她们的鬼哭狼嚎了。

这件事是在绝对秘密下进行的，除了刑吏和我谁也不知道。刑吏后来提了一个血淋淋的纸包来见我，他慢慢把纸包打开，一边对我说，这回她们再也哭不出声音来了。我朝纸包睇视了一眼，那些爱哭的嫔妃们的舌头看上去就像美味的红卤猪舌一样。我赏了刑吏一些银子，吩咐他说，千万别告诉皇甫夫人，她若问起来就说她们自己不小心把舌头咬断了。

那天夜里我很不安，冷宫的方向果然寂静无声，除了飒飒的秋风落叶和间或响起的夜漏梆声，整个燮王宫都是一片死寂。我在龙榻上辗转反侧，想起我下令割去了那些可怜的妇人的舌头，突然觉得有点害怕，现在没有什么声音来折磨我的听觉了，我反而更加难以入眠。榻下的宫女闻声而起，她说，殿下要解手吗？我摇了摇头。我望着窗外半暗半明的灯笼和蓝紫色的夜空，想象冷宫中的妇人们欲哭无声的景象。为什么这么寂静？没有声音我也睡不着，我对宫女说，你去把我的蛐蛐罐拿来吧。

宫女抱来了我心爱的蛐蛐罐，后来我每夜听着黑翼促织清脆的鸣叫入睡，我感到一丝忧虑，秋天一旦过去，我豢养的大批促织一旦在第一场大雪中死去，那时候我该怎样打发漫漫长夜呢？

我为我让刑吏犯下的罪孽惴惴不安。我暗暗观察了皇甫夫人和丞相大臣们对此的反应,他们似乎毫无察觉。有一天在罢朝之后我问皇甫夫人最近是否去过冷宫,我说那些妇人竟然把自己的舌头咬断了。皇甫夫人慈爱地注视着我良久,最后她叹了口气说,怪不得这几夜一片死寂,我每夜都睡不着觉。我说,祖母喜欢听那些妇人半夜的哭声吗?皇甫夫人不置可否地微笑着,她说,剜了就剜了,只是千万别让风声走漏到宫外,我已吩咐过有关宫人,谁走漏风声就剜掉谁的舌头。

我心中的石头坦然落地。祖母皇甫夫人的惩罚方式原来与我如出一辙,这使我感到一丝慰藉和一丝茫然。看来我并没有做错什么。我把冷宫里十三位妇人的舌头割下来了,但皇甫夫人认为我并没有做错什么。

冶炼仙丹的青铜大釜依然耸立在宫墙一侧,釜下的炭火业已熄灭,以手指扪及变色的青铜,青铜竟然还是温然灼人的。已故的先王常年服用仙丹,炼丹师傅是他从遥远的蓬莱国重金聘来的。蓬莱仙丹未能延长先王羸弱而纵欲的生命,在先王驾崩的前夜炼丹师傅从宫中逃之夭夭,证明那种祛病延年长生不老的仙丹只是一颗骗人的泥丸。

司火的老宫役孙信已经白发苍苍,我看见他在萧瑟的秋风中徘徊于炼丹炉前，俯身拾取着地上的残薪余灰。我每次经过炼丹炉前，孙信就双手捧起一堆灰烬跪行而至，他说，火已熄灭，燮国的灾难快要降临了。

我知道老宫役孙信是个疯子。有人想将他逐出宫中，被我阻拦了。我不仅喜欢孙信，而且喜欢重复他的不祥的咒语。我长久地注视着他手中炼丹留下的灰烬。我说，火已熄灭，燮国的灾难快要降临了。

当我身边簇拥着那些谄媚的赔笑的宦官宫吏，我时常想起老宫役孙信那张悲哀的泪光盈盈的脸，我对他们说，你们傻笑什么？火已熄灭，燮国的灾难就要降临了。

秋天的猎场满目荒芜，灌木丛和杂草齐及我的腰膝，烧山赶兽的火堆在山坡上明明灭灭，铜尺山的谷地里弥漫着草木焚烧后的焦味，而野兔、狍子、山鹿就在满山的烟霭中匆匆奔逃。我听见狩猎者的响箭声和欢呼声在铜尺山山谷里此起彼伏地回荡。

我喜欢一年一度的宫廷围猎的场面。策马持弓的队伍浩浩荡荡，几乎所有的男性王族成员都参加了这次围猎。在我的红鬃矮马后紧跟而上的是我的那些异母兄弟。我看见三公子端武和他的胞兄端文，他们神色阴郁或者趾高气扬，我还看见文弱的二公子端轩和蠢笨的四公子端明，他们像跟屁虫一样跟在我的后面，除此之外，随行的还有我的师傅僧人觉空和一队担任守卫的紫衣骠骑兵。

我的帝王生涯中遭受的第一次暗算就发生在围猎场上。我记得一只黄褐色的野山鹿从我的马前一掠而过，它的美丽的皮毛在灌木丛中闪闪烁烁，我纵缰而追，听见觉空在后面喊，小心，小心暗箭机关。我回过头，那支有毒的暗箭恰好掠过我的白翎头盔，这个瞬间令周围的随行惊出一身冷汗。

我也被吓了一跳。僧人觉空策马过来，把我抱上了他的马鞍。我余悸未消地摘下白翎头盔，发现那根雪白的雁翎已经被箭矢射断。谁在施放冷箭？我问觉空，谁想害我？觉空朝四面的山坡树林眺望着，沉默了良久说，你的仇人？我说，谁是我的仇人？觉空笑了笑回答，你自己看吧，谁现在躲得最远，谁就是你的仇人。

我发现我的四位异母兄弟突然都消失不见了。他们肯定躲在某片隐蔽的树林后面。我怀疑那支冷箭是大公子端文射来的，在我们兄弟五人中，端文的箭法最好，也只有阴险乖戾的端文，会设计出如此天衣无缝的暗杀圈套。

号兵吹动画角召集回宫时，端文第一个策马回营，他的肩上扛着一只獐子，马背上还拴着五六只野兔和山鸡。端文的箭筒上沾满了生灵的黑血，他的白袍上也溅上了斑斑血印。我看见他的倨傲的微笑和跃马驰骋的英姿，心里忽然涌上一种古怪的感觉。我想那位被殉葬了的杨夫人的话也许是真的，端文很像已故的父王，端文很像新燮王，而我却一点也不像。

陛下射中野物了吗？端文在马上以一种镇定自若的语气问我，陛下的马上怎么空无一物？

我差点被暗箭射中。你知道是谁射的吗？我说。

不知道。陛下皮毛未损，而我百步穿杨，我想那肯定不是我的箭矢。端文微微弯下腰，脸上仍然傲气逼人。

不是你就是端武，我饶不了施放暗箭的人。我咬着牙说。我狠狠地挥打了马鞭，让红鬃马径直驰离了猎场。我听见秋风在我耳边呜咽，山谷里的荒草在马蹄下发出断裂之声。我的心像秋天的铜尺山一样充满肃杀的气氛。我对那支暗箭耿耿于怀，它使我心悸也使我暴怒，我决定像孟夫人惩治黛娘那样，让刑吏把端文端武兄弟的手指剁断，我再也不想让他们弯弓射箭在我面前耀武扬威了。

围场事件在宫中引起了轩然大波。我母亲孟夫人在第二天的朝议中当众哭哭啼啼起来，她要求皇甫夫人和臣相们主持正义，严惩端文端武兄弟。而皇甫夫人则显出见多识广雍容大度的样子,她劝慰孟夫人道,这类事情我见得多了,你用不着惊慌失措。不能光凭猜测冤枉端文和端武,我自然有办法查明谁是凶手,到水落石出之时再严惩凶手也还来得及。孟夫人对皇甫夫人的话置若罔闻,她认为皇甫夫人一贯袒护端文端武兄弟,孟夫人坚持要将端文端武传到繁心殿前当众盘诘,皇甫夫人则不允许在朝政中穿插宫内私事。我看见传令的宦官在丹陛前进退两难,满面惶惑的样子。我觉得这个场面十分滑稽,不禁嘻嘻笑起来。在长久的僵持中皇甫夫人的慈祥的脸勃然变色,她举起了紫檀木寿杖让臣相们退下。紧接着我看见她手中的寿杖划了一个弧圈,砰然落在我母亲孟夫人的华髻上。孟夫人嘶哑而尖厉地叫了一声,孟夫人骂了一句粗鄙而下流的市井俚语。

我惊呆了。退出繁心殿的臣相们在台阶上频频回首张望。我看见皇甫夫人气得浑身哆嗦,她走近孟夫人,用寿杖的顶端捅着孟夫人的嘴,你嘴里在骂什么?皇甫夫人一边捅一边说,我当初真是瞎了眼睛,让你这个豆腐铺的贱婢做了一国之后。到现在你改不了满嘴的污言秽语,你怎么还有脸坐在繁心殿上?

孟夫人开始呜呜地哭泣起来,她任凭皇甫夫人的寿杖在嘴唇四周捅戳,我不骂了,孟夫人边哭边说,我让你们串通一气去暗算端白吧，我要死了你们就放心了。

端白不是你的儿子，端白是燮国的君主。皇甫夫人厉声训斥道，倘若再不顾体统哭哭闹闹的，我会把你撵回娘家的豆腐铺去，你只配做豆腐，不配做燮王的母后。

我觉得她们的争执愈来愈趋于无聊，我趁乱悄悄溜出了繁心殿，刚刚走到大桂花树下，迎面奔来一个锦衣戎装的军士，看见我就跪下，边疆外寇侵犯，西线邹将军有急信呈交陛下。我瞥了眼他手中插有三支鸡毛的信件，我说，我不管，你把信交给皇甫夫人去吧。我纵身一跃，从桂花树上折下一枝香气馥郁的桂花，我用桂花枝在跪着的将士臀部上抽了一下，我不管你们的事，我边走边说，你们成天送这送那让我头疼。外寇侵犯？打退他们不就行了？

我在宫中漫无目的地走了一圈，最后停留在先王的炼丹炉前，夕阳余晖使青铜大釜放射出强烈的紫光，我似乎依稀看见一颗棕色的药丸在滚沸的水中旋转的情景，我觉得熄灭多时的炼丹炉仍然散出古怪的药味和灼人的热气，我的红蟒龙袍很快就被汗浸湿了，先王的炼丹炉总是这样令我出汗不止。我挥起桂花枝抽打那只会旋转的铜盆时，老宫役孙信从炼丹炉后面闪了出来，他像个幽灵突然闪了出来。我吓了一跳，我看见孙信的神色依然悲哀而癫狂，他的手里捧着一支断箭想献给我。

你从哪儿拾到的断箭？我诧异地问。

铜尺山。围场。孙信手指西北方向，他的枯裂的嘴唇像树叶一样战栗着说，是一支毒箭。

我又想起围猎途中的事变，我的心情突然变得很沮丧，施放暗箭的人现在受到了祖母皇甫夫人的庇护，而那支毒箭现在竟然落到了疯子孙信的手里。我不知道孙信是怎么找到它的，我也不知道他为什么要把它献给我。

把箭扔掉吧，我对孙信说，我不要它，我知道是谁放的这支暗箭。

暗箭已发，燮国的灾难就要降临了。孙信轻轻地扔掉断箭，他的眼睛里再次噙满浑浊的泪水。

我觉得老疯子孙信很有意思，他对于事物的忧患使我耳目一新。在所有的宫役奴婢中我最喜欢的就是老疯子孙信，我的祖母皇甫夫人和母后孟夫人都对此表示过不满，但我从幼年起就和孙信保持着异常亲昵的关系，我经常拉着他在空地上玩跳格子的游戏。

别哭啦。我掏出汗巾在孙信脸颊上擦了擦，拉住了他的手，我们来跳格子吧，我说，我们好久没在一起跳格子玩了。

跳格子吧，燮国的灾难就要降临了。孙信喃喃地说着抬起了左腿膝盖，他在方砖地上跳了几步，一、二、三，孙信说，燮国的灾难就要降临了。

我惩治端文端武兄弟的计划没有实现，因为刑吏们谁也不敢对他们下手。几天后我看见端文端武兄弟手拉手地走过繁心殿前，我不由得沮丧万分。我知道这是祖母皇甫夫人从中阻挠的缘故。现在我对皇甫夫人充满了不满情绪，我想既然什么都要听她的，干脆让她来当燮王好了。

皇甫夫人察觉了我闷闷不乐的情绪，她把我叫到了锦绣堂她的卧榻边，默然地审视着我。她脸上的脂粉被洗去后显得异常憔悴而苍老，我甚至觉得皇甫夫人也快进铜尺山的王陵墓了。

端白，为什么愁眉苦脸的？皇甫夫人握住我的手说，是不是你的蛐蛐儿死了？

既然什么都要听你的，为什么让我当燮王？我突然大叫一声，下面我就不知该怎么说了，我看见皇甫夫人从卧榻上猛地坐起来，她的脸上出现了一种惊愕而愠怒的表情，我下意识往后缩了一步。谁叫你来这么说的？是孟夫人还是你师傅觉空？皇甫夫人厉声质问我，顺手抓到了卧榻边的寿杖，我又往后退了一步，我怕她用寿杖敲我的脑袋，但是皇甫夫人最后没敲我的脑袋，那根寿杖在空中挥舞了一圈，落在一个小宫女的头上,皇甫夫人说,你还站在这儿干什么?快给我滚到外面去。

我看着小宫女红着眼圈退到屏风外面,我突然忍不住大声哭起来,我说,端文在围场对我射暗箭,可你却不肯惩治他们,要不是觉空提醒我,我就被他们的暗箭射中了。

我已经惩治过他们了,你的四个兄弟,我每人打了他们三杖,这还不够吗?

不够,我仍然大叫着,我要把端文端武的手指割下来,让他们以后没法再射暗箭。

真是个不懂事的孩子。皇甫夫人拉我在榻上坐下来,她轻轻地摸了摸我的耳朵,嘴角重新浮现出慈爱的微笑。端白,为王者仁慈第一,不可残暴凶虐,这个道理我对你讲过多少次了,你怎么总是忘记呢?再说端文他们也是大燮的嫡传世子,是王位的继承人,你割去他们手指怎么向祖宗英灵交代呢?又怎么向宫廷内外的官吏百姓交代呢?

可是黛娘的手指不是因为下毒被割除了吗?我申辩道。

那可不一样。黛娘是个贱婢,而端文兄弟是大燮王的血脉,也是我疼爱的孙子,我不会让他们随便失去手指的。

我垂着头坐在皇甫夫人身边,我闻到她的裙裾上有一股麝香和灵芝草混杂的气味,还有一只可爱的晶莹剔透的玉如意,系挂在她的龙凤腰带上,我恨不得一把拽过那只玉如意塞进囊中，可惜我没有这个胆量。

端白，你知道吗？在我们大燮宫，立王容易，废王也很容易，我的这句话你千万要记住。

我听懂了祖母皇甫夫人最后的嘱咐。我大步走出锦绣堂，朝堂前的菊花圃里狠狠地吐了一口唾沫。老不死的东西，早死早好。我偷偷地骂了一句。这种骂人话是我从母后孟夫人那里听会的。我觉得骂一句不足以发泄我的义愤，就纵身跳进皇甫夫人心爱的花圃里，踩断了一些黄色的菊花枝茎。我抬起头猛然发现那个挨打的小宫女站在檐下，朝我这边惊讶地张望着。我看见她的额角上鼓起了一个血包，那就是皇甫夫人的寿杖打的。我想起皇甫夫人关于仁慈爱心的劝诫，心里觉得很好笑。记得在近山堂读书时背诵过一句箴言，言行不一，人之祸也。我觉得这句话在皇甫夫人身上得到了诠释。

端文和端武就是这时候走进锦绣堂前的月牙门的。我从菊花圃里跳出来，拦住了他们的通道。他们似乎没有料到我会在这里，表情看来都很吃惊。

你们来这里干什么？我对他们恶声恶气地发难。

向祖母请安。端文不卑不亢地说。

你们怎么从来不向我请安？我用菊花枝扫他们的下颏。

端文没有说话。端武则愤然瞪着我。我上去推了他一把，端武趔趄着退后一步，站稳后仍然用那双细小的眼睛瞪着我。我又掐了一朵菊花朝端武脸上扔去。我说，你再敢瞪我我就让人剜了你的眼睛。

端武扭过脸一动不动地站在那儿，他不敢再瞪我了。旁边的端文脸色苍白，我看见他的眼睛里有一点泪光闪闪烁烁的，而酷似妇人的薄唇抿紧了更加鲜红欲滴。

我又没推你砸你，你有什么可难受的？我转向端文挑衅地说，你有种就再对我放一支暗箭，我等着呢。

端文仍然不说话，他拉着端武绕开了我，朝锦绣堂匆匆跑去。我发现祖母皇甫夫人已经站在廊下了，也许她已经在那里观望了一阵了，皇甫夫人拄着寿杖，神色淡漠宁静，我看不出她对我的行为是褒还是贬。我不管这些，我觉得我现在出了一口气就不亏啦。

2

到我继位这一年，燮宫的宦官阉竖已所剩无几，这是因为已故的父王天性憎恶阉人的缘故，他把他们一个个逐出王宫，然后派人将民间美女一批批搜罗进宫，于是燮王宫成了一个脂粉美女的天下，我的父王沉溺其中，纵情享受他酷爱的女色和床笫之欢，据我的师傅僧人觉空说，这是导致父王英年早逝的最重要的原因。

我记得有一年冬天在大燮宫前的红墙下毙命的那些宦官，他们明显是因为饥寒而死的。他们等待着燮王将他们召回宫中，坐在红墙下坚持了一个冬天，最后终于在大雪天丧失了意志，十几个人抱在一起死于冰雪之中。这么多年来我始终对他们的选择迷惑不解，他们为什么不去乡间种植黍米或者采桑养蚕，为什么非要在大燮宫前白白地死去？我问过僧人觉空，他建议我忘掉那件事，他说，这些人可悲，这些人可怜，这些人也很可恶。

我对宦官阉竖的坏印象也直接来自觉空，我从小到大没有让任何阉人伺候过我，当然这都是我成为燮王之前的生活。我没想到这一年皇甫夫人对宫役的调整如此波澜壮阔，她接纳了南部三县送来的三百名小阉人入宫，又准备逐出无数体弱多病或者性格不驯的宫女，我更没有想到我的师傅僧人觉空也列在皇甫夫人的闲人名单里。

事前我不知道觉空离宫的消息。那天早晨我坐在繁心殿上，接受殿外三百名小阉人的万福之礼。我看见三百名与我同龄的孩子跪在外面，黑压压的一片，我觉得很好笑，但皇甫夫人和孟夫人就坐在我两侧，我不宜笑出声来，于是我就捂着嘴低下头笑。等我抬起头来，恰恰看见那些孩子的队列后面跪着另一个人，我看清了他是我的师傅僧人觉空，他卸去了大学士的峨冠博带，重新换上了一袭黑色袈裟，挺直上身跪在那里。我不知道觉空为什么这样做。我从御榻上跳起来，被皇甫夫人制止了。她用寿杖的顶端压住我的脚，使我不能动弹。

觉空不再是你的师傅了，他马上就要离宫，让他跪在那儿向你道别吧。皇甫夫人说，你现在不能下殿。

为什么？为什么让他离宫？我对皇甫夫人高声喊叫。

你已经十四岁了，你不需要师傅了。一国之君需要臣相，却不需要一个秃头和尚。

他不是和尚，他是父王给我请来的师傅。我要他留在我身边。我拼命摇着头说，我不要小宦官，我要觉空师傅。

可是我不能让他留在你身边，他已经把你教育成一个古怪的孩子，他还会把你教育成一个古怪的燮王。皇甫夫人松开寿杖，在地上笃笃戳击了几下，她换了一种温和的语气对我说，我并没有驱他出宫的意思，我亲自向他征询过意见，他说他想离宫，他说他本来就不想做你的师傅了。

不。我突然狂叫了一声，然后不顾一切地冲下繁心殿，我冲过三百名小阉宦的整齐的队伍时，他们都仰起脸崇敬而无声地望着我。我抱住了我的师傅僧人觉空放声大哭，繁心殿前的人群似乎被这突如其来的变故惊呆了，我听见我的哭声在周围的寂静中异常嘹亮。

别哭，你是燮王，在臣民面前是不能哭的。僧人觉空撩起袈裟一角擦拭我的眼泪，他的微笑依然恬淡而圣洁，他的膝部依然跪在地上。我看见他从袈裟的袖管里抽出那册《论语》，他说，你至今没读完这部书，这是我离宫的唯一遗憾。

我不要读书。我要你留在宫里。

说到底你还是个孩子。僧人觉空轻轻地叹了口气，他的目光如炬，停留在我的前额上，然后从我的黑豹龙冠上草草掠过，他用一种忧郁的声音说，孩子，少年为王是你的造化，也是你的不幸。我看见他的手战栗着将书册递给我,然后他站起来,以双袖掸去袈裟上的尘埃,我知道他要走了,我知道我已经无法留住他了。

师傅,你去哪里?我朝他的背影喊了一句。

苦竹寺。僧人觉空远远地站住,双掌合十朝天空凝望了片刻。我听见他最后的模糊的回答,苦竹寺在苦竹林里,苦竹林在苦竹山上。

我泪流满面。我知道这样的场面中我的表现有失体统,但我想既然我是燮王,我就有权做我想做的任何事,想哭就哭,祖母皇甫夫人凭什么不让我哭呢?我一边抹着泪一边往繁心殿上走,那些小阉宦们仍然像木桩一样跪在两侧,偷偷地仰望我的泪脸。为了报复皇甫夫人,我踢了许多小阉宦的屁股,他们嘴里发出此起彼伏的呻吟声,我就这样一路踢过去,我觉得他们的屁股无比柔软也无比讨厌。

觉空离宫的那个晚上下起了淅淅沥沥的雨珠,我倚坐在窗栏上暗自神伤,宫灯在夜来的风雨中飘摇不定,而庭院里的芭蕉和菊花的枯枝败叶上响起一片沙沙之声,这样的雨夜里许多潮湿的事物在静静腐烂。书童朗读《论语》的声音像飞虫飘泛在夜雨声中,我充耳不闻,我仍然想着我的师傅僧人觉空,想他睿智而独特的谈吐，想他清癯而超拔的面容，也想他离我而去时最后的言语。我愈想愈伤心，我不知道他们为什么要把我喜爱的僧人觉空赶走。

苦竹寺到底在哪里？我打断了书童的朗读。

在很远的地方，好像是在莞国的崇山峻岭中。

到底有多远？坐马车去需要多少天？

我不太清楚，陛下想去那个地方吗？

我只是随便问问。我哪儿都想去，可哪儿也不能去。皇甫夫人甚至不让我跨出宫门一步。

这个雨夜我又做了噩梦。在梦中看见一群白色的小鬼在床榻四周呜呜地哭泣，他们的身形状如布制玩偶，头部却酷似一些熟悉的宫人，有一个很像被殉葬了的杨夫人，还有一个很像被割除了手指和舌头的黛娘。我吓出了一身冷汗。梦醒后我听见窗外夜雨未央，床榻上的锦衾绣被依然残存着白色小鬼飘忽的身影，我恐惧万分地拍打着床榻，榻下瞌睡的宫女们纷纷爬起来拥到我的身边，她们疑惑不解，彼此面面相觑，有一个宫女捧着我的便壶。

我不撒尿，快帮我把床上的小鬼赶走。我一边拍打一边对宫女们喊，你们怎么傻站着？快动手把他们赶走。

没有小鬼。陛下，那只是月光。一个宫女说。

陛下，那是宫灯的影子。另一个宫女说。

你们都是瞎眼蠢货，你们没看见这些白色小鬼在我腿上蹦蹦跳跳吗？我挣扎着跳下床榻，我说，你们快把觉空找来，快让他把这些白色小鬼全部赶走。

陛下，觉空师傅今日已经离宫了。宫女们战战兢兢地回答，她们仍然对床榻上的白色小鬼视而不见。

我恍然清醒过来。我想起这个雨夜僧人觉空已经跋涉在去莞国苦竹寺的路上了，他不会再为我驱赶吓人的鬼魅。觉空已走，燮国的灾难就要降临了。我的脑子里突然冒出老疯子孙信的那类古怪的谶语。我觉得悲愤交加，周围宫女们困倦而茫然的脸使我厌烦，我抢过了宫女手中的那只便壶，用力掷在地上。陶瓷迸裂的响声在雨夜里异常清脆，宫女们吓得一齐跪了下来。

便壶碎了，燮国的灾难就要降临了。我模仿老疯子孙信的声调对宫女们说，我看见了白色小鬼，燮国的灾难就要降临了。

为了躲避床榻上的白色小鬼的侵扰，我破例让两名宫女睡在我的两侧，另外两名宫女则在榻下抚琴轻唱，当白色小鬼慢慢逃遁后，庭院里的雨声也消失了。廊檐滴水无力地落在芭蕉叶上。我闻到宫女们身上脂粉的香味，同时也闻到了窗栏外植物和秋虫腐烂死亡的酸臭，这是大燮宫亘古未变的气息。这是我最初的帝王生涯中的一个夜晚。

初次遗精是在另一个怪梦中发生的。我梦见了冷宫中的黛娘，梦见她怀抱琵琶坐在菊花丛中轻歌曼唱，黛娘就这样平举着双手轻移莲步，琵琶挎在她的肩上，轻轻撞击着半裸的白雪般的腰臀。黛娘满面春晖，一抹笑意妖冶而放荡，我对她喊，黛娘，不准你那样笑。但黛娘笑得更加艳媚使我感到窒息。我又对她喊，黛娘，不准你靠近我。但黛娘的手仍然固执地伸过来，那只失去了手指的面饼形状的手滴着血，放肆而又温柔，它触摸了我的神圣的下体，一如手指与琵琶六弦的接触，我听见了一种来自天穹之外的音乐，我的身体为之剧烈地颤抖。我还记得自己发出了一声惊骇而快乐的呻吟。

早晨起来我自己动手换下了湿漉漉的中裤儿，我看着上面的污迹问榻下的宫女，你们知道这是什么东西？宫女们都盯着我手里的裤儿笑而不答，一个年老的宫女抢先接了过去，她说，恭喜陛下了，这是陛下的子子孙孙。我看见她用一只铜盘托着我的中裤急匆匆地退下，我喊道别急着去洗，我还没细看是什么东西呢。宫女止步回答说，我去禀告皇甫老夫人，这是老夫人吩咐的。

活见鬼，什么都要禀告老夫人。我发了一句牢骚，看见宫女们已经抬来了一盆浸着香草的热水，她们让我沐浴，我却伏在床榻上不想动弹，我在想夜来的梦是怎么回事，梦里的黛娘又是怎么回事。我没有想明白，既然想不明白我就不再去想了。从宫女们羞涩而喜悦的表情来判断，这似乎是件喜事。她们也许可以去皇甫夫人那里邀功领赏了，这些贱婢们很快乐可我自己却不快乐。

我一点也不快乐。

皇甫夫人以八名宦官替代八名宫女来服侍我的起居。她以一种不容商量的语气告诉我，不管你愿不愿意，这些宫女一定要离开清修堂了。她说历代大燮君主都一样，一俟发身成人，就由宦官替代宫女伺候起居，这是宫里的规矩。皇甫夫人这么说我就没有办法了，我在清修堂与八名宫女挥泪告别，看见她们一个个哭得像个泪人似的。我心里很难过，一时却想不起补偿的办法。有一个宫女说，陛下，我以后不容易见到你了，你今天开恩让我摸摸你吧。我点了点头，摸吧，你想摸哪儿呢？那个宫女犹犹豫豫地说，就让我摸摸陛下的脚趾吧，让我能永生永世蒙受陛下的福荫。我很爽快地脱掉了鞋袜，将双足高高地跷起来，那个宫女半跪着满含热泪地抚摸我的脚趾，另外七名宫女紧跟在她的后面。这个独特的仪式持续重复了很长时间，甚至有一个宫女在我脚背上偷偷亲了一下，惹得我咯咯笑起来。我问她，你不怕我的脚脏吗？她呜咽着回答，陛下的脚不会脏的，陛下的脚比奴婢的嘴更干净。

新来清修堂的八名宦官是由母后孟夫人精心挑选的。她挑选的宦官大致都长得眉目清秀，而且几乎都来自她的老家采石县。我说过我自小讨厌阉宦，所以他们前来叩见时我采取了横眉冷对的方法。后来我就让他们在堂下玩各式各样的游戏，还让他们跳格子。我想看看他们之中谁玩得更好一些，结果不出所料，他们玩了一会儿就玩不下去了，气喘吁吁或者大汗淋漓的样子令人发笑。只有那个最为年幼的孩子玩得很快活，他在跳格子的时候跳出了许多我不知道的花样。我注意到他的容貌像女孩子般的秀气逼人，他跳跃的姿态也显得轻盈活泼，充满了那种我所陌生的民间风格。后来我就把他叫到了我面前。

你叫什么名字？

燕郎，我的奶名叫锁儿，我的学名叫开祺。

你多大啦？我笑起来，我觉得他的口齿特别伶俐。

十二岁，是属小羊的。

夜里你在我的榻下睡吧。我把燕郎的肩膀扳过来，凑到他耳边悄悄地说，我们可以天天在一起玩了。

燕郎腼腆地红了脸。我注意到他的双眸清澈如水，在他的修长的黑眉边缘很奇怪地长了一粒红痣。我很好奇，我伸出手指想把那粒红痣剥下来。也许用力过猛了，燕郎疼得跳了起来。他没有喊疼，但从他的表情可以判断他已经痛不欲生了。我看见他捂着红痣在地上打滚，少顷又很灵巧地一骨碌爬起来。陛下饶了奴才。燕郎朝我磕了个头说。我觉得燕郎是个很有趣的孩子，我跳下御榻走过去把燕郎扶起来，还模仿宫女们的做法蘸了点口水涂在燕郎的红痣上，我是跟你闹着玩的，我对燕郎说，蘸点口水就不疼啦。

我很快忘记了那些含泪离开清修堂的宫女。这一年大燮宫内人事更迭，宫女内监们走马灯似的调来换去，而我的生活一如既往。对于一个十四岁的国王来说，喜欢谁忘记谁都是轻而易举的事。

我很想知道燕郎被阉割过的下体是什么形状，我曾经强令他向我袒露下体。燕郎的脸立刻苍白失色，他哀求我不要让他出丑，双手紧紧地按住了他的裤带。我按捺不住我的好奇心，坚持要他宽衣解带。燕郎最后褪下裤子时失声痛哭起来，他背过脸边哭边说，求陛下快点看吧。

我仔细地观察了燕郎的私处，我发现燕郎的疤瘢也与众不同，上面留下了杂乱的暗红的灼痕。不知为什么，我联想到了冷宫里黛娘的手，我莫名地有点扫兴。

你跟别人不一样，是谁替你净身的？我问燕郎。

我爹。燕郎止住了哭泣，他说，我爹是个铁匠。我八岁那年我爹特意锻打了一把小刀替我净身，我昏死了三天。

为什么要这样，是你喜欢做宦官吗？

我不知道。爹让我忍着疼，爹说进了宫跟着君王就不愁吃穿了。他还说进了宫就有机会报效父母光宗耀祖。

你爹是个畜生。什么时候我碰到他，我就把他也阉了，看他疼不疼。我说，好了，现在你把裤子拉上吧。

燕郎飞快地拉上裤子，燕郎终于破涕而笑。我看见他眉棱上的红痣在丝帘掩映下闪烁出宝石般的光芒。

秋天将尽，宫役们在宫中遍扫满地枯枝败叶，木工将殿堂楼阁的窗户用细木条封闭住，防备从北方卷来的风沙。几辆运送柴火的马车从后宫侧门中辘辘地驶来，卸下成堆的规格一致的柴火。整个大燮宫弥漫着过冬前的忙碌气氛。

我的最后一只红翼蟋蟀在十一月无声无息地死去，使我陷入了一年一度的哀伤之中。我让宫监收拢了所有死去的蟋蟀，集中放进一口精巧的状如棺椁的木匣中。这是我给那些可爱的生灵准备的棺木。我决定把它安葬在清修堂前的庭院里。

我让宫监关上了院门,然后我和燕郎在花圃里挖了一个洞穴,当我们协力用湿泥盖住蟋蟀之棺时,老疯子孙信的脸冷不防出现在墙上的圆形漏窗中,把燕郎吓得尖叫了一声。

别怕。他是个疯子。我对燕郎说,别管他,我们继续干吧。只要不让皇甫夫人看见,谁看见了都不怕。

他在用石头掷我,他在狠狠地瞪着我。燕郎逃到了我身后求援说,我不认识他,他为什么这样瞪着我?

我抬起头发现老疯子孙信悲天悯人的灰暗的眼睛。我站起来朝漏窗那边走去,孙信,你快走开。我不喜欢你这样偷偷摸摸地窥视。孙信好像听不见我的训斥,他突然用脑袋去撞击漏窗的格子,漏窗上响起持续的反弹声。我愠怒地大喊起来,孙信,你在干什么?你不想活了吗?孙信停止了可笑的撞击,然后朝天响亮地打了个喷嚏,燮国的灾难就要降临了。

陛下,他在说什么?燕郎在我的身后问。

别听他的。他是个老疯子。他翻来覆去的只会说这一句话。我说,你要我赶他走吗?他不听别人的话,但他听我的。

他当然要听你的,陛下。燕郎有点好奇地朝孙信张望着,他说,我只是不知道陛下为什么要留一个疯子在宫里?

他从前可不是疯子,他曾经在战争中冒死救过先祖的命,他有五世燮国公的免死手谕。所以不管他有多疯，谁也不能给孙信论罪。我告诉了燕郎有关孙信的故事。我喜欢告诉燕郎一些隐晦古怪的宫廷秘事，最后我问他，你不觉得他比别人更有趣一点吗？

我不知道。我从小就害怕疯子。燕郎说。

既然你害怕，我就把他赶走吧。我折下一根树枝，隔着窗户捅了捅孙信的鼻子，我对孙信说，去吧，到你的炼丹炉那儿去吧。

孙信果然顺从地离开了漏窗，他边走边叹，阉宦得宠，燮国的灾难就要降临了。

朝觐时刻是令人难挨的时刻，礼、吏、兵、刑四部尚书簇拥着丞相冯敖立于繁心殿的第一阶石阶上，他们的后面还有朝冠朝服的文武百官。有时候来自燮国各郡的郡王们也前来觐见，那些人的衣带上绣有小型的黑豹图案，我知道他们是我的叔辈甚至祖辈，他们的身上流着先祖燮国公的血脉，却无法登上燮国的王位。燮国公分别册立他们为北郡王、南郡王、东郡王、西郡王、东北郡王、西南郡王、东南郡王和西北郡王。郡王们中有的已经双鬓泛银，但他们进得繁心殿后都要向我行礼。我知道这是没有办法的事情，他们即使心里不愿意也没有办法。

我曾听见一个郡王在下跪的时候放了一个响屁，我忍不住大笑起来。我不知道放屁的是东郡王还是东南郡王，反正我笑得喘不过气来，宫侍们匆忙过来替我捶腰敲背。那个郡王窘迫不堪，脸孔涨成猪肝色，紧接着他又放了一个屁。这回我真要笑晕过去了。我坐在御榻上前仰后合，看见祖母皇甫夫人挥舞寿杖敲打郡王的臀部，那个可怜的郡王一边告罪一边拽拉着臀后的衣袍，他向皇甫夫人结结巴巴地解释自己的过错。他说，我星夜兼程三百里前来觐见燮王，路上受了寒气，又吃了两只猪蹄子，所以憋不住地要放屁。他的解释招来了皇甫夫人更猛烈的杖打之罚。皇甫夫人怒声训斥，朝廷之上不可说笑，你怎么敢放屁呢？

那是我记忆中最为有趣的一次朝觐，可惜是唯一的一次。以我的兴趣而言，与其听皇甫夫人和冯敖他们商讨田地税和兵役制，不如听郡王的一声响屁。

从繁心殿下众臣手中递来的奏疏一封接一封，经过司礼监之手传到我的面前。在我的眼里它们只是一些枯燥的缺乏文采的闲言碎语，我不喜欢奏疏，我看得出来皇甫夫人其实也不喜欢，但她还是一味地要求司礼监当众朗读。有一次司礼监读到了兵部侍郎李羽的上疏，奏疏说西部国界胡寇屡次来犯，戍边将士浴血保国，已经打了十一场战役，奏疏希望燮王出驾西巡以鼓舞军队的士气。

我第一次听到与我直接关联的奏疏。我从御榻上坐起来望着皇甫夫人，但她却没有看我一眼。皇甫夫人沉吟了片刻，转向丞相冯敖询问他的意见。冯敖捋着半尺银须，摇头晃脑地说，西境胡寇的侵犯一直是大燮的隐患，假如戍边军队一鼓作气将胡寇逐出凤凰关外，大燮半边江山便有了保障，士气可鼓不可泄，燮王似有出驾西巡的必要，冯敖欲言又止，他偷窥了我一眼，突然轻轻咳嗽起来。皇甫夫人双眉紧蹙，很不耐烦地以寿杖击地三次，不要吞吞吐吐，是我在问你话，你用不着去朝别人张望。皇甫夫人的声音中含着明显的愠怒，她说，冯敖，你说下去。冯敖叹了一口气，他说，我忧虑的是燮王刚及弱冠，此去五百里路，一路上风霜雨雪旅途艰辛，恐怕会损坏燮王的金玉之身，恐怕遭受不测风云。皇甫夫人这时嘴角上流露出一丝不易察觉的冷笑，她说，我知道你的意思了。我告诉你，燮王一旦出巡，路途上不会横生枝节，后宫内也不会发生谋反易权之事，有我这把老骨头在大燮宫，请众臣相都放宽心吧。

我听不懂他们晦涩暧昧的谈话，我只是产生了一种被冷落后的逆反心理。当他们在商定我出巡的吉日佳期时，我突然高声说，我不去，我不去。

你怎么啦？皇甫夫人惊愕地看了看我，她说，君王口中无戏言，你不可以信口开河的。

你们让我去我就不去，你们不让我去我就去。我说。

我的示威性的话语使他们目瞪口呆。皇甫夫人的脸上出现了窘迫的表情。她对丞相冯敖说，吾王年幼顽皮，他的话只是一句玩笑，丞相不必当真。

我很生气，堂堂燮王之言从来都是金科玉律，祖母皇甫夫人却可以视为玩笑。皇甫夫人貌似慈爱睿智，其实她只是一个狗屁不通的老妇人。我不想再跟谁怄气了，我想从繁心殿脱身出去，于是我对身后的宫侍说，拿便盆来，我想大解了，你们要是嫌臭就走远一点。我是故意说给皇甫夫人听的，她果然上了当。她转过脸厌恶而愤怒地瞪着我，然后我听见她无可奈何地叹了口气，用寿杖在地上戳击三下，今天燮王龙体不适，提前罢朝吧。

整个大燮宫中对我的西巡之事议论纷纷。我的母亲孟夫人尤其忧心忡忡，她怀疑这又是一场阴谋，唯恐我离宫后会发生种种不测。他们都觊觎你的王位，他们千方百计地想暗害你。孟夫人哭哭啼啼地对我说，你千万要小心，随驾人员一定要选忠诚可靠之人，别让端文兄弟一起去，别让任何陌生人跟你去。

我出驾西巡已成定局，这是皇甫夫人的旨意，所以也是不可更改的。对于我来说，我视其为一次规模浩大的帝王出游，充满了许多朦胧的向往。我想看看我的两千里锦绣山河，我想看看大燮宫外的世界是什么模样。所以我用一种轻松的口吻安慰了母后孟夫人。我援引古代经典中的信条说，为帝王者天命富贵，如捐躯于国殉身以民则英名远扬流芳百世。母后孟夫人对于虚无的古训从来是充耳不闻，她后来就开始用各种市井俚语诅咒我的祖母皇甫夫人，她总是喜欢背地里诅咒皇甫夫人。

那段时间我的心情有点焦躁，宫侍们经常被我无缘无故地鞭笞拷打。我难以诉说我的忧喜参半的心情。有一天我召来了宫中的卦师，请他测算出巡的祸福。卦师围着一堆爻签忙碌了半天，最后手持一支红签告诉我，燮王此行平安无事。我追问道，有没有暗箭害我？卦师就让我随手再抽一签，他看了签后脸上露出极其神秘的微笑，说，暗箭一出，将被北风折断，陛下可以出巡了。

3

腊月初三的早晨,我的西巡队伍浩浩荡荡通过德辉门,宫人们在高高的箭楼上挥巾相送,而京城的百姓们闻讯而来,男女老少将宫门前的御道挤成两道密集的人墙,他们企望一睹新燮王的仪容,但是我乘坐的龙辇被黄缦红绫遮挡得严严实实,百姓们其实根本无法看见我的脸。我听见有人在高声呐喊,陛下万岁,燮王万岁。我想掀开车篷上的暗窗看看外面的百姓,随辇护驾的锦衣卫很紧张地劝阻了我,他说,陛下千万小心,人群密集的地方经常藏匿着刺客。我问他什么时候可以打开窗户,他想了想说,等出了京城,不过为了陛下的安全起见,最好是不要开窗。我立刻朝锦衣卫嚷了一句,你想闷死我吗?如果一直不能开窗我就不出驾西巡了,如果我不能随意看到外面世界的人和风景,那还有什么意思呢?当然这只是我脑子里的想法,我不宜将这种想法告诉锦衣卫。

王宫的车队出了京城城门后加快了速度,街市两侧围观的百姓也渐渐稀落了，风从旷野中吹来，飒飒地拍打车上的旌旗。空气中飘散着一种难闻的腥味，我问锦衣卫腥味从何而来，他告诉我京城近郊的百姓以皮毛业为生，每逢入冬季节就将带血的羊皮、牛皮拿到太阳下晾晒，现在官道的两侧晾满了各种牲畜和野兽的皮毛。

那个阻拦龙辇的老妇人突然出现在车马群中，前面的骠骑兵和龙辇两侧的侍卫起初没有发现她。老妇人以一张兽皮盖身跪在官道左侧已经多时了，她掀开兽皮后朝我的龙辇直扑过来，侍卫们大惊失色。我听见车外响起一片骚动之声，我打开暗窗时侍卫们已经强行架走了那位白发妇人，我听见她呼天抢地的哭叫着，她说，我的小娥子，把我的小娥子还给我，陛下开恩放小娥子出宫吧。

她大喊大叫的干什么？谁是小娥子？我问锦衣卫。

奴才不清楚，也许是从民间选来的宫女吧。

谁是小娥子？你认识小娥子吗？我又隔窗询问马车上的一个宫女，我觉得那个老妇人的哭叫使人心里发慌。

小娥子在先王身边侍奉，先王驾崩后一起随棺殉葬了。那个宫女眼泪汪汪地回答，她掩面啜泣着又说了一句，可怜的母女俩，她们要在黄泉路上见面了。

我竭力想回忆小娥子这个陌生的宫女的面貌，却什么也没有想起来，要知道大燮宫的八百宫女面貌都娟秀姣好，互相之间都很相似。她们像一些繁花俏枝在三宫六院之间悄悄地摇曳生长，然后是盛开或者凋零，一切都不着痕迹，我想不起小娥子的容貌，却想起铜尺山下的陵墓，想起无数深埋于地底的棺木和死尸，一股深深的凉气奇妙地钻进我的鼻孔，我打了个喷嚏，我突然感到车里有点冷。

陛下受惊了。锦衣卫说，那个老妇人该以乱刀斩首。

我才没有受惊呢，我不过是想到了死尸。我披上了一件孔雀氅，系好麂皮护腰，我说，野外比宫里冷多了，你们该想法给我准备一个小泥炉，我想在车上烤火。

我第一次看见了燮国的乡村。那些村落依山傍水，圆顶茅屋像棋子一样散落在池塘和树林边。初冬的田畴一片荒芜，桑树的枝条上残存着一些枯卷的叶子。远远的山坡上樵夫砍柴的声音在空谷中回荡，还有一些贩运盐货的商贩从官道旁的小路上推着独轮小车吱扭扭地经过。我的车队驶过每一个村庄都惹来狗吠人闹之声，那些衣着破陋面容枯槁的农人集结在路口，他们因为亲眼一睹我的仪容而狂喜激奋，由老人率领着向我行三叩九拜之礼，当龙辇已经穿越桑树离开村庄，我回头看见那些农人虔诚的仪式仍然在持续，无数黝黑的前额一遍遍叩击着黄土路，听声音酷似春日惊雷。

乡村是贫穷而肮脏的，农人是饥馑而可怜的，燮国乡村给我的最初印象仅止这些，它与我的想象大相径庭。我忘不了一个爬在树上的孩子，那个孩子在寒风中的衣着只是一片撕裂的破布，他骑跨在树杈上模仿父辈向车队行礼，一只手却不停地从树洞里掏挖着什么，我看了很久才看清楚，他在掏一种白色的树虫，他嘴里咀嚼的食物就是这种白色的树虫。我差点呕吐起来，我问锦衣卫，那孩子为什么要吃虫子？锦衣卫说，他是饿了，他家的粮食吃光了就只好吃虫子了。乡村中都这样乱吃东西，要是遇上灾年，连树上的虫子都会被人抢光，他们就只好扒树皮吃，要是树皮也被扒光了，他们就出外乞讨为生。如果乞讨途中实在饿急了，他们就抓官道上的黄土吃，吃着吃着就胀死了。陛下刚才看见的骨头不是牛骨，其实就是死人的尸骨。

谈到死人我就缄默不语了。我不喜欢这个话题。但是不管在哪里人们都喜欢谈论这件事。我冷不防打了锦衣卫一个巴掌，警告他不要再谈死人。后来车队经过了月牙湖，我才重新快活起来。月牙湖水在暮色夕照中泛金泻银，水天一色，满湖芦苇在风中飘飘欲飞，轻柔的芦花和水鸟盘旋在一起，使湖边的天空一半苍黄一半洁白。更令我惊喜的是水边栖落着一群羽毛明丽的野鸭，它们被木轮和马蹄惊动后竟然径直朝我的龙辇飞来，我令车夫停车，持弓跳下龙辇，有一只白头野鸭应我的弓弩之声飘然落地，我高兴得大叫起来，那边的燕郎已经眼疾手快地捡起中箭的野鸭，一手高举着朝我跑来，陛下，是只母鸭。我让燕郎将那只野鸭揣在怀里，等会儿到了行宫，我们煮着吃。我对燕郎说。燕郎顺从地把受伤的野鸭揣进怀里，我看见他的黄罗衫很快就被野鸭之血洇红了。

在月牙湖边我兴致勃发，随驾车马都停下来，观望我弯弓射雕的姿态。可惜以后数箭不中，气得我扔掉了手里的弓弩。我想起从前在近山堂吟诵的诗文中就有感怀月牙湖景致的，我苦苦地回忆却没有想起一鳞半爪，于是我信口胡诌了两句，月牙湖边夕阳斜，燮王弯弓射野鸭，竟然也博得随驾文官们的鼓掌喝彩。大学士王镐提议去凉亭那里瞻仰古人的残碑余文，我欣然采纳。一行人来到凉亭下，发现青石碑铭已经荡然无存，亭柱上过往文人留下的墨迹也被风雨之手抹尽，令人惊异的是凉亭一侧的斑竹林里凭空多了一间茅屋。来过月牙湖的官吏们都说茅屋起得蹊跷，有人径直过去推启柴扉，禀报说茅屋里空无一人，再举灯一看，就惊喊起来，墙上有题字，陛下快来看吧。

我率先走进茅屋，借着松明灯的光线看见墙上那行奇怪的题字，燮王读书处。根据笔迹我一眼明断是僧人觉空所为。我相信这是他在归隐苦竹山时留给我的最后教诲。所以我轻描淡写地对侍从们说，不必大惊小怪，这不过是一个僧侣的涂鸦之作。

在湖边茅屋下我想象了一个黑衣僧侣踏雪夜行的情景，觉空清癯苍白的脸变得模糊而不可捉摸。我不知道这个嗜书如命的僧人是否已经抵达遥远的苦竹寺，是否正在寒窗孤灯下诵读那些破烂发霉的书经。

夜宿惠州行宫。惠州地界正在流行瘟疫，州吏们在行宫的四周点燃一种野蒿，烟雾缭绕，辛辣的气味呛得我咳嗽不止。我下榻的正殿也用丝帛堵塞了门窗，到处都令人窒息，据说这是为了防止瘟疫侵入行宫。我满腔怨气却发泄不出，我从来没预想到会来这个倒霉的惠州下榻过夜，但是侍从们告诉我这是西巡凤凰关的必由之路。

我和燕郎玩了一会绷线线的游戏，后来我就让燕郎和我并肩而睡，燕郎身上特有的类似薄荷的清香淡雅宜人，它改善了惠州行宫污浊的空气。

过品州时正逢腊月初八，远远地就听见品州城里锣鼓喧天声乐齐鸣的节日之声。我早就听说品州是燮国境内的富庶之地，德高望重的西王昭阳在燮国公分封的这块领地励精图治，品州百姓以善织丝绸和商贾之名称雄于芸芸众生之上。我的车队接近品州城门，抬眼可望城门上方的那块铸金的横匾，上书品州福地四字，据传先王在世时，曾向他的叔父西王昭阳索要这块横匾，遭到婉言拒绝，先王后来派出一支骠骑兵深夜潜行至此，结果登上云梯的骑兵都纷纷中矢坠落，据说那一夜西王昭阳亲临城楼防盗，盗匾者都死于西王昭阳的毒箭之下。

西王昭阳与大燮宫心存芥蒂的历史由来已久，随驾的文武官员格外小心谨慎，他们把我的龙辇凤舆乔装改扮成一支商队进了品州城，车队在僻静的街巷里迂回穿梭，最后抵达装修豪华富丽的品州行宫，西王昭阳竟然不知道我们到来的消息。

品州城内的节日锣鼓使我在行宫内心神不宁，我决定携燕郎二人微服私访。我无心暗查西王昭阳的丰硕政绩后面隐匿着什么劣迹，我感兴趣的是民间闹腊八到底是何等的欢娱，品州的百姓到底又是如何安居敬业其乐融融的。天色向晚，我与燕郎各自换上了皂袄潜出行宫后门，燕郎说他曾经随父到品州城卖过铁器，他可以充当我的向导。

除了几家纺织作坊偶有嗡嗡的缫丝声，品州城内万人空巷，街衢之间的石板路面在冬日夕照下泛出洁净的光泽。燕郎领着我朝市声鼎沸的大钟亭走，途中遇到一家匆匆打烊的小酒铺，面色醺红的酒铺老板正站在板凳上摘门前的幌子，他朝我们挥舞着那面酒幌嚷嚷，快走吧，舞龙蛇的快过大钟亭啦。

在品州城我生平第一次走了二里之地，燕郎拉着我的手挤进大钟亭的茫茫人群，我的脚底已经起了水泡。没有人注意我和燕郎，欢乐狂喜的人群如潮水在大钟亭的空地上涌来涌去，我时刻担心脚上嫌大的麻屦会被人踩掉。我生平第一次跻身于布衣百姓之中，身体被追逐社火的人流冲得东摇西摆，我只好紧紧抓住燕郎的手臂，唯恐与他走散。燕郎像条泥鳅似的灵巧轻捷，领着我在人群中穿梭来往，陛下别怕，闹腊八就是人多。燕郎俯着我的耳朵说，我会让陛下看到所有好玩的东西，先看陆上的，后看水上的，最后再看市上的。

这次微服出游令我大开眼界。品州城内的狂欢气氛和惠州城内的郁郁闷闷形成鲜明的对比。先王的仇敌西王昭阳统辖着如此亢奋如此疯狂的城池，使我感到一丝隐隐的忧虑，在这里我亲眼观赏了著名的品州腊八之伎，计有吹弹舞拍、鼓板投壶、花弹蹴鞠、分茶弄水、踏滚木、走索、弄盘、讴唱、飞禽、水傀儡、鬻道术戏法、吞刀吐火、起轮、风筝、流星火爆等十余种。这些都是燕郎所谓的陆上伎乐。燕郎还要拉我去湖边看水上的画舫小船，说那里的人更多，因为所有新鲜奇俏的商品在腊八节上船出售。我盯着一个在空中走索的杂耍艺人，正在难定东西之际，从杂耍班的布缦后面走来一个黑脸汉子，他直视着我的眼睛熠熠发亮。孩子，好轻巧的身板，他伸出手在我的腰间捏了一把，疼得我惊叫了一声。我听见黑脸汉子操着南部口音说，孩子，跟我走，我会教你走索的。我对他笑了笑，燕郎在一旁则吓白了脸，他急急地说了声，陛下快跑，就拉着我的手挤出了看杂耍的人群。

吓死我了。跑出一段路燕郎放开了我的手，他仍然白着脸说，杂耍班最会拐人了，要是陛下真的让他们拐跑了，我就活不成了。

那怕什么？我倒觉得走索比当燮王威武多了，那才是英雄。我想了想我跟走索艺人的差别，很认真地说，我不喜欢当燮王，我喜欢走索艺人。

要是陛下去走索，我就去踏滚木。燕郎说。

你说话怎么像个老宫女一般乖巧？我在燕郎的腮帮上拧了一把。燕郎立刻满面羞赧之色，我又说，别脸红呀，你怎么老是像个女孩子一般羞羞答答呢？

燕郎咬着嘴唇，眼神像一只受惊的小鹿，他说，奴才罪该万死，以后再也不敢脸红害羞了，不知道陛下还想不想去看看别处的热闹？

去吧,既然溜出来就玩个痛快吧。

我和燕郎最后来到品州城西侧的香柳湖边。湖边果然是另一番人间仙景,无数画船小舫上歌伎舞鬟,弦乐笙箫,船家罗列无数珍品奇货招徕游人,计有闹竿、戏具、花篮、画扇、彩旗、糖鱼、粉饵、时花、泥孩儿等样,岸上的货摊则摆满了珠翠冠梳、销金彩缎、犀钿漆窑等各种玩器。我看得眼花缭乱,直叹没有随身携带银子。燕郎神秘地说,陛下想要哪样尽管吩咐,奴才不花一文也可以弄到手。我就指着船头上的几个彩塑泥孩儿说,我想要那些泥孩儿,你去给我弄来吧。燕郎让我站在原地等他,我站在一棵大柳树下,心里疑惑着燕郎轻松的承诺。顷刻就看见燕郎拨开人群往我这边走,边走边从怀里掏着什么,先掏出一个泥孩儿,又掏出一个泥孩儿,一共掏出四只,捧在手上对我嘻嘻地笑。

是偷来的?我恍然大悟,我接过四只泥孩儿问燕郎,那么多的人守着,你怎么偷来的?

眼快手快腿快,燕郎莞尔一笑,他摸了摸头皮说,我三哥教我的,我三哥什么都偷得到,有一次他还在屠户的眼皮底下偷过一头猪。

你有这一手怎么不告诉我?早知道我就让你去偷皇甫夫人的玉如意了。要不你去把品州城门上的金匾给我偷来?那都是我最喜欢的东西。我对燕郎亦真亦假地说。

那可不行，会砍头的，奴才万万不敢。燕郎回头朝湖边望了望，他拉了拉我的衣角，陛下快走吧，我怕船家发现了会追来。

回行宫的路上是燕郎背我走的，因为我已经走不动了。我们穿越品州城欢乐的街市，听见路人在纷纷议论燮王驾临品州的消息。我在燕郎的背上掩嘴窃笑，我发誓这是我十四年来最快活最自由的一天。后来我对燕郎说我以后要把西王昭阳逐出品州城，把我的燮国京城迁到品州来。燕郎在我的身下嗤嗤地笑，他说，那就好玩了，我可以天天去给陛下偷泥孩儿了。

四个彩塑泥孩儿在后来的西巡途中一一丢失了。后来又经过了许多燮国的城镇，品州城的腊八节狂欢留给我的印象渐渐淡薄了。但是在昏昏沉沉的冬日午后，在颠簸泥泞的乡野小道上，我多次想起那个在高空中表演走索的杂耍艺人，他的红披风和黑皮靴，他的野性奔放的笑容和自由轻盈的身姿，当他在细铁索上疾步飞奔时多么像一只山间羚羊。我还多次想起那个操南部口音的黑脸汉子，他对我说，孩子，跟我走，我会教你走索的。

西部边地瑞雪初降，皑皑白雪覆盖着无边的旷野和荒凉的集镇。这里历年战祸不断，居民迁徙致使人烟稀少，方圆百里之内竟听不到鸡鸣狗吠之声。统辖此地的西北王达渔贪图酒色之名我早有所耳闻，在他的府邸里我看见了数不胜数的酒缸酒坛，还有一个巨大的深不可测的大酒窖，弥漫于西北王邸的酒气使人头脑晕眩，西北王达渔丑陋红涨的脸则令我联想起猕猴的屁股，我一看见他就指着达渔的脸说，你见过猕猴的屁股吗？你的脸活像猕猴屁股。达渔听了哈哈大笑，没有流露出丝毫不快之色。他召来一群舞姬在大殿上载歌载舞，其中还有几个蓝眼隆鼻的番女。西北王达渔一边饮酒一边击掌吟和，他的酒气烘烘的脸凑近我耳语道，陛下是否属意那几个番女？我可以送给陛下带回京城宫中。我摇了摇头，我看见所有的舞姬都裸露着肚腹，她们在腹上涂抹了一种发亮的红粉和金箔，扭摆起来分外妖冶而艳丽。我突然笑起来，因为再次想起了猕猴的屁股。这回西北王的脸面再也挂不住了，我看见他朝天翻了个白眼，对他的侍从低声埋怨道，狗屁大燮王，什么都不懂，光知道猕猴的屁股。

我原来是准备第二天去凤凰关幸见戍边将士的。但是第二天下起了鹅毛大雪，天气异常寒冷。我缩在西北王的羊毛暖榻上不愿走出宫邸一步，隔着窗户我看见侍从们正在雪地里准备车马，参军杨松按时来督促我上马西行，被我呵斥了一顿，我说,你想冻死我吗?现在不去,等雪停了,等太阳出来了再去。外面的风雪却不见衰落,反而愈见狂暴了,参军杨松又来催询何时起驾,我怒不可遏,抽出龙豹宝剑对杨松说,你再来催促我就拿你斫首是问,今天天气严寒,我懒得出驾。杨松垂首站在榻下,他的眼睛里沁出了泪水,我听见他用一种哀伤的声音低诉道,凤凰关将士正翘首以待燮王幸见,如今燮王旨意一夕三变,守关将士的士气也势必一夕三变,假若彭国的战表今日下达,恐怕凤凰关难以保住了。

　　我没有理会参军杨松的谏言。我后来听见杨松在雪地里抚马痛哭,简直就像个疯子。我不懂这有什么可哭的,我不相信我的一次变旨真的会导致凤凰关失守。

　　午膳时我饮了一盅虎骨酒,还吃了些鹿肉和果蔬,觉得身子又发热了。我和西北王达渔弈了一盘棋,结果轻易取胜。我拈起一粒棋子往达渔的朝天鼻孔里塞,叔父,你真笨。我说。达渔打了一个酒嗝,不以为然地说,我是笨,笨人贵命,没听别人说燮国公的子孙都很笨?历代君王多为笨人,都是酒色无度的缘故。我纠正了西北王达渔的谬论,我说,我就不贪酒色,我就一点也不笨。西北王达渔又朗声大笑起来,他说,陛下才十四岁,陛下也会慢慢变笨的,你要是永远聪明王位也就难坐啦。达渔的话听来有些刺耳,我勃然作色,从棋桌旁拂袖离去，达渔跟在我后面连声说，陛下息怒，我说的全是酒后胡话，我们再弈一盘分输赢吧。我回过头说，我已经赢你了，我再也不和你这种笨蛋弈棋了。达渔又喊，陛下我带你去酒窖尝尝百年陈酿吧。我说，别老缠着我，我讨厌你的满嘴酒气。

西北王达渔的虎鹿之膳使我燥热难挡，我只好走到外面的风雪之中，我想现在倒是可以出驾凤凰关了。奇怪的是雪地里只见车马不见人影，我问身边的燕郎，杨参军跑哪儿去了？燕郎的回答使我大吃一惊，他说参军杨松擅自率领一队骠骑兵去凤凰关援阵了。我说我怎么不知道战役打响了，战役是什么时候打响的。燕郎说，就在陛下和西北王下棋的时候。现在梁御史和邹将军他们都在箭楼上观望战况呢。

燕郎撑起华盖大伞，引我登上箭楼。观战的人们给我让出最高的地势，指给我看西北方向的滚滚狼烟。那时雪雾乍晴，我看见远远的山谷里有无数旌旗像云影似的移动不定，听见隐隐约约的画角呜咽、马蹄杂沓声，除此之外就看不见什么了。什么也看不清楚，怎么分辨两军对垒的形势？我问骠骑大将军李冲。李冲颇显焦虑地说，陛下只需看清两军旌旗如何进退，就可以知道谁占上风，现在大燮的黑豹旗边战边退，看来战况不佳。一旦凤凰关失守，焦州便朝夕难保，陛下该准备起驾回京了。我说，那么我什么时候幸见戍边将士呢？李冲的嘴角浮出一丝苦笑，看情形陛下西巡只能到此为止了，战火之下龙辇凤舆难以成行。

我站在箭楼上不知所措，对于疆场战争之事我一无所知，只是隐隐意识到我的一次随意变旨可能导致严重的后果。但我想这主要还要怪西北边地的倒霉天气，谁让天气如此寒冷恶劣呢。我准备下箭楼的时候，只见西巡总管梁御史正在询问骠骑李将军，凤凰关距此有多少路程？李将军说，大约二十八里地。梁御史就失声大叫起来，他开始驱赶挤在箭楼上观战的随驾宫役，大家快下去，准备车马随时起驾返回。

参军杨松的谏言不幸言中，到了薄暮时分，就有第一批败军丢盔弃甲地从西边的树林前撤退。我的庞大的车马群就是这时离开了西北王宫邸，队伍里充斥着嘈杂仓皇的逃亡气氛。西北王达渔的车马跟在后面，我听见他的姬妾在绣车上哭哭啼啼乱作一团，而达渔骑在一匹骝马上，向他的侍从大发雷霆，把我的酒缸搬上车，达渔挥起鞭子抽打着几个狼狈的侍从，他大声叫道，快回去把我的酒缸搬上车。我觉得西北王达渔在贪图酒色方面确实名不虚传。

道路旁的莜麦地里偶尔可见被丢弃的阵亡士兵的尸体，他们是在半途中咽气的，押运伤兵辎重的军吏为了减轻马匹的负担，随时随地扔下那些刚刚气绝的伤兵。我看见那些死尸就像断木一样横陈于雪后的莜麦地里，飘散一丝淡淡的血腥。他们使我想起殉葬于铜尺山王陵的那些嫔妃宫侍，相比之下那些躺在红棺里的殉葬者算是幸运的了。我在龙辇上清点了一下莜麦地里的死尸，一共是三十七具，数到第三十八具的时候我惊叫起来，因为我看见那具死尸突然在雪地里爬行起来，他将一只手艰难地举向空中，似乎想大声叫喊，但我什么也听不清。那个人血流满面，红色战袍被兵器撕成几块红布条随风飘动着，我看见他的另一只手按在裸露的肚腹上，我终于看见他按住的是一条紫红色的肠子，是一条被利刃挑断的人的肠子。

  我要呕吐，我捂住嘴对身边的燕郎说。燕郎就撑开双掌说，陛下吐在我手上吧。我朝着燕郎的手掌哇哇干呕的时候，听见身边另一侧的锦衣卫以盔遮面发出压抑的呜咽。我很惊讶，你哭什么？锦衣卫的呜咽声戛然而止，他手指莜麦地里的那位垂危的抚肠之将说，陛下，那是参军杨松。请陛下开恩将杨参军带回宫吧。我又临窗看了看那个人，果然就是擅自驰往凤凰关援阵的参军杨松。现在他摇摇晃晃地站在雪地上，那截肠子穿过他的手指垂挂着，血污已经染红了他靴下的白雪。我看见的是杨松湮没于血痕创口中的那双眼睛，哀伤的悲怆的绝望的眼睛，他的嘴唇嚅动着却没有声音，我听不见他的呼喊或者呻吟。我不知道我的心情到底是惊悚还是恐惧，反正我猛地回缩回来，对着锦衣卫喊出一个短促的不可理喻的音节。

锦衣卫浑身颤抖，脸色苍白，用怀疑的目光望着我。杀，我拍拍锦衣卫背上的箭筒重复了一遍，我看见锦衣卫将弓箭架在窗上迟迟不射，我说，快射，你要胆敢抗旨我就把你一起杀了。锦衣卫回过头呜咽着说，车辇颠簸，恐怕射不准。我就夺过了他的弓箭，你们都是废物，我说，还是看我的箭法吧。最后是我倚窗向垂死的杨松连射三箭，其中一箭异常精确地插入杨松的胸前。杨松仆倒于雪地时我听见前后的车马上响起一片惊叫声，也许随从们都已经发现那个浸泡在黑血中的人就是杨松，他们静默地等待我的旨意，我的三支响箭无疑使一些人震惊，也无疑会使另外一些人感到庆幸和轻松。

杀。我收起弓箭对目瞪口呆的燕郎说，杨松擅离职守已有死罪，现在又成败军之将，不可不杀。

陛下好箭法。燕郎轻声地附和。燕郎的小脸充满了惊惧和谄媚掺杂的表情，他的双手仍然捧着我吐出的一摊秽物。我听见他重复我的话，败军之将，不可不杀。

别害怕，燕郎。我只杀那些我不喜欢的人。我在燕郎耳边耳语了几句，我想杀谁谁就得死，否则我就不喜欢当燮王了。你想让谁死也可以告诉我，燕郎，你想让谁死吗？

我不想让谁死。燕郎仰起头想了半天，他说，陛下，我们来绷线儿好吗？

我的西巡之路被彭国军队的一次突袭断送了，也许其中更重要的罪责在于我自己。狼狈逃返的结局使这次浩荡的西巡活动显得荒唐而可笑。随驾的文武官员在车马上互相诋毁，怨声载道，驭手们奉命昼夜兼程，想尽快将西巡车马驶离危险地带。我坐在龙辇上神色黯然，想起离宫前卦师占卜的情景，他说，暗箭一出，将被北风折断。我觉得冥冥之中确有一支暗箭在追逐我的行踪，但我不知道北风从何而起，北风是如何折断暗箭的，也许卦师的话只是一派胡言乱语。

在裴州的驿站听说了彭国占领凤凰关以及关内燮国五十里谷地的消息。彭国人焚烧了西北王达渔的宫邸，并捣毁了无数酒缸酒坛，达渔听说这个消息后痛哭失声，他抱着脑袋在地上打滚，边哭边扬言要把彭国王昭勉的睾丸割下来酿酒喝。我目睹达渔的悲痛显得无动于衷。我西巡凤凰关的目的本来只是玩乐而已，如今凤凰关既然已落入彭国手中，剩下的事情就是如何平安回宫了。

我想起历代君王在出巡江山时的种种惊险和不测，既向往又疑惧。在裴州驿站的饲料棚后面，我和燕郎做了此行最为有趣的游戏，我们交换着穿上各自的衣裳，然后我让金冠龙袍的燕郎骑上马在驿站四周遛一圈，我说，我想看看到底有没有暗箭射我。燕郎策马驰骋的姿态俨然是一代帝王天子，他也深深陶醉在做燮王的游戏中。我坐在草垛上注意着燕郎周围的动静，那些忙于喂马的侍从们竟然没有察觉这场游戏，更没有人发现真正的燮王此刻正趴在草垛上，所有人都在燕郎的马下行了跪拜之礼。

没有暗箭，陛下。燕郎遛了一圈后禀告我，他的小脸洋溢着好奇带来的喜悦，他问我，陛下，我要不要骑马到农户家去？

下来吧。我突然感到不快。我几乎是恶狠狠地把燕郎拽下马背，令他迅速更换服装，我意识到金冠龙袍对于我的重要性，即使在短暂的换装游戏中也体现了我对它的依恋。我无法描述我在草垛上看燕郎骑马时的惶惑和忧郁的心情，我突然发现我的燮王装束在别人身上同样显得合体而威武，你穿上阉竖的黄衣就成为阉竖，你穿上帝王的龙袍就成为帝王，这是一种多么可怕的体验。

燕郎对游戏的中止不解其意，他一边卸衣脱履一边用疑惑的目光望着我，我厉声警告他动作利索一点，我说，要是被皇甫夫人知道这事，你就没命了。

燕郎被吓哭了，后来我发现他的裤子也尿湿了，幸亏他已经把龙袍先卸下还给了我，要是我的龙袍也被他尿湿了，后果肯定是不堪设想啦。

裴州一日使我得了热疾。也许疾患的起源就在于我和燕郎的换装游戏，要知道我们是在驿站的草料堆后换的衣装，风寒因此侵入了我羸弱的身体。但是我没有把这件事告诉别人。随行的御医让我服了一颗药丸，保证说第二天我的病体就会恢复。那颗药丸腥膻无比，我怀疑它是用动物或人的血糅制成的，我吃了一半吐了一半，结果翌日刚出裴州城我就感到浑身不适，随行的文武官吏对此惊慌失措，将车马全部停在路上，等候御医给我诊脉的结果。御医又送来那种黑红色的药丸，被我一脚踢飞了。我在迷乱中对他高喊，不要给我吃血，我不要吃血。御医拾起破碎的药丸，对梁御史低声耳语着什么。后来车辇就继续上路了。他们决定日夜兼程赶到品州，据说西王昭阳的宫中聚集着燮国医术最高明的三位太医。

再度滞留品州城的那些日子里我昏睡于床榻之上，对身边发生的惊人事件一无所知。其间西王昭阳带着三位太医多次来到我身边，我却记不清他们的相貌和话语。太医杨栋投毒于汤药的事是我后来听燕郎说的，燕郎偷偷披露这件被隐瞒的事件时神色非常紧张，他曾被威胁不许透露此事的任何线索，否则将惹来杀身之祸。我记得那天早晨西王宫中静寂无声，疏淡的阳光透过格窗照在我病后初愈的身体上，犹如根根芒刺深深地刺疼了我。我抓起枕边的宝剑劈断了一条花案，吓得燕郎跌坐在地上，他哀求我在兴师问罪时不要提及他的名字。

我召来了梁御史等人，他们看见我暴怒的脸色已知分晓，一起跪伏在榻下等候我问罪。只有长须剑鬓白袍皂靴的西王昭阳弯膝单跪在门边，他的双手搭在腰背后面，手中似乎提着什么东西。

西王昭阳，你手里是什么东西？我以剑刃指着昭阳问。

是我的太医杨栋的首级。西王昭阳说着猛然举起双手，他的手中果然是一个人的血肉模糊的头颅。西王昭阳的眼睛里莫名地噙满泪水，他说，昭阳特意亲取杨栋首级，前来叩见陛下负荆请罪。

是你指使杨栋下毒谋害于我吗？我背转身不去看那颗人头，因为我怕自己忍不住又会呕吐起来，我听见西王昭阳发出了短促的讥嘲的笑声，于是我猛然回头怒喝，你笑什么？你竟敢讥笑我吗？

陛下明鉴，我不敢讥笑，我是嗟叹陛下少年之心不谙世事，难挡风雨刀剑，难判东西南北，假如投毒之事是我指使，假如我真有弑君之心，何必要在我的宫邸中进行？又何必假我的太医之手进行，陛下腊八节日微服出游不是更好的机会吗？

我一时语塞，看来我那回大游品州城的足迹都在西王昭阳的耳目之中。我望了望榻下的群吏，他们神色局促保持着沉默。他们似乎都害怕得罪德高望重的西王昭阳。

太医杨栋为何谋害于我？后来我平心静气地问。

操刀者必为刀所伤，陛下。太医杨栋是参军杨松的胞兄，他们兄弟情同手足，杨栋知道是陛下在焦州射杀了功不可没的参军杨松。西王昭阳的脸上再次浮现出悲切之色，他的炯炯目光逼视着我，杨松擅自带兵援阵凤凰关守军，虽未经陛下恩准，但是英勇报国之举，虽败犹荣，昭阳不知道陛下为何将他射杀在莜麦地里？

我终于弄清了太医杨栋的来历。我无法回答西王昭阳尖锐的问题，尤其是他的逼人的目光使我恼羞成怒，于是我把手中的宝剑朝他扔去，我对他说，你滚，我想杀谁就杀谁，用不着你管。

我听见西王昭阳仰天长叹了一声，他自言自语地说，燮王年幼而暴虐，燮国的灾难就要降临了。说完就提着杨栋的首级退了下去。我觉得西王昭阳的话听来耳熟，细细一想他的悲悯之言竟和老疯子孙信如出一辙。

出品州城前遇到了罕见的冬雨。车辇途经法场，在沥沥雨线中我看见法场上人迹寥寥，木杆上悬挂着的人头被雨洗刷一新，每张脸都焕发着新鲜的气息，在五个死犯的人头之间飘动着一张黄褐色的人皮，他们告诉我那就是太医杨栋的人皮。西王昭阳将杨栋的首级呈奉给我，将杨栋的人皮悬挂于法场示众，而杨栋无首无肤的尸身已被西王昭阳厚殓埋葬于陵墓之中。

奇怪的是杨栋的人皮竟然从木杆上突然坠落，恰恰落在我的龙辇篷顶上。所有的目击者包括我自己都被这种巧合吓了一跳。人皮坠落时愤怒的形状以及砰然炸响的声音，给我留下了深刻的记忆。

在昏昏沉沉的回京路上，我无数次陷入白日梦呓之中。我看见杨氏兄弟一路追逐着我的踪迹，杨松按住他的血红的肠子，而太医杨栋则挥舞他的人皮紧跟在他的兄弟身后奔跑。刺客，刺客。我在昏睡中重复叫喊着。我不准车辇中途停栖。后来我依稀看见一群妇人也加入了杨氏兄弟的行列，她们张大空洞无舌的嘴或者一路抛下粉红的手指，乱发飘飞、裙裾破碎，像一群狂奔着的白色小鬼。我看见业已淡忘的杨夫人和妃子黛娘，她们向我尖声叫喊着什么，杨夫人边跑边喊，你不是燮王，燮王是我的儿子端文。黛娘追逐我的形象则是充满色情意味的，我看见她的罗裙在奔跑中随风飘走，黛娘袒露出酥胸白臀对我喊，陛下，到我身边来吧。我听见我虚弱的声音只是喘息和呻吟的混合。我想对她们说，别过来，你们再过来我就杀了你们，但我突然发不出任何声音了。我用力蹬踢着脚下的紫铜脚炉，手指甲在锦衣卫的脸上抓挠出道道血痕，龙辇里的宫人不知所措，他们后来告诉我，在昏厥中我只是重复喊着一个字：

杀。

4

　　卧病清修堂的那些日子是寂寥而无奈的，每天都是北风充耳，枯树萧瑟之声使这个冬天更显凄凉。我母亲孟夫人总是跑到我的榻边来嘘寒问暖或者暗自垂泪，她担心宫里有人利用这个机会制造宫变事件。她还怀疑祖母皇甫夫人在此间设下了什么圈套和毒计。我讨厌孟夫人的喋喋不休，有时候她让我想起笼中的鹦鹉。舞姬们在炭炉边闻乐起舞，乐师们则在堂外奏响琴瑟，他们的努力其实是徒劳的。我仍然处于极度的焦虑和恐惧中，透过舞姬们的长袖薄裾和金钗银簪，我依稀看见许多血淋淋的人肠在清修堂里盘缠舞动，许多人皮在乐声中低空飞行。杀，杀，杀。我突然持剑跳到舞姬们中间胡乱砍击。吓得她们抱头鼠窜。太医说我中了邪毒，病情一时不会好转，需要到春暖花开之日才会恢复。

　　辍朝已经七天。祖母皇甫夫人尝试着与我交谈，我仍然只会说一个字，杀。她很失望。她把我的途中染病归结于随驾官员的失职，对他们一一做出了惩罚。随驾总管梁御史自觉无颜回宫，当天就在私宅中吞金自杀了。到了第八天，皇甫夫人与丞相冯敖商议，决定让我带病临朝。为了防止我在朝议中信口胡说，他们想出了一个骇人听闻的办法，在我的嘴里塞上丝绢，然后把我的双手缚在龙椅上，这样前来朝觐的官员们可以看见我的面目，却听不见我的声音了。

可恶的老妇人，可恶的奴才们，他们竟然以对待囚犯的方法对待我，堂堂大燮王。

这年冬天我第一次蒙受了巨大的耻辱。当我口含丝绢坐在龙椅上接受文武百官的例行朝仪时，眼睛里噙满了屈辱和愤怒的泪水。

燮国的版图已经被画师再次修改，焦州凤凰关一带的百里疆土现在已经归属新兴的彭国。画师姓张，他在绘制了新的燮国版图过后，用裁纸刀切下自己的手指包卷在图中呈送入殿。宫中一时对此事议论纷纷。

我见到了那张血迹未干的新版图。燮国地域的形状原来酷似大鸟，在父王那辈大鸟的右翅被东邻的徐国斩除，现在大鸟的左翅就断送在我的手上。现在我的燮国看上去就像一只死鸟，再也飞不起来了。

我记得久病初愈的那天天气晴和而温暖,在太医的建议下我来到后宫的树林里聆听各种鸟禽的鸣唱,太医认为这对恢复我的语音有所裨益。我看见树林里悬挂着几架秋千,有几只锦鸡和山雉像人一样站在秋千架上左顾右盼。鸟声啁啾,我模仿鸟类鸣叫了几声,声带果然畅通了许多,这个早晨很奇妙,它使我在以后对鸟类有了格外的兴趣和百倍的钟爱。

隔着茂密蓊郁的槐柏树林,我还听见有人在冷宫里吹响笙箫。其声哀怨凄怆,似一阵清冷之水漫过宫墙。我坐在秋千架上,我的身体在箫声中无力地荡起来,落下去。我真的觉得自己像一只林中禽鸟,我有一种想飞的欲望。

飞。我突然高声大叫。这是多日来我恢复的第二个语音。飞。我连续地亢奋地大叫,树林中的宫监们跟着我一齐叫起来,他们的表情又惊又喜。

后来我拉着绳索站在了秋千的座板上,我将双臂伸展,在秋千板上走了几个来回。我想起在品州城见到的走索的艺人,他们自由而飘逸的姿态给我留下的印象是如此强烈,使我无法忘却。我模仿走索艺人又走了几个来回,秋千板在我的脚下不停地晃悠,但我的平衡能力有如神助,我像一个真正的走索艺人控制了我的身体,也控制了那副悬空的秋千架。

你们猜我在干什么？我对下面的宫监们喊。

宫监们面面相觑，他们也许真的不知道，他们只是惊诧于我的病情在瞬间里消失殆尽，后来是燕郎打破了沉默，燕郎仰起脸露出一个神秘而灿烂的微笑，他说，陛下在走索，陛下正在走索。

已经很久没有听到我的兄弟端文的消息了。在我西巡回宫的第二天早晨，端文收拾了他的弓袋箭囊和诸子籍刊去了铜尺山下的近山堂，随行的只有三五个仆役书童。近山堂是我即位前读书的地方，我母亲孟夫人认为端文选择近山堂读书是居心叵测之举，以端文的年龄已过授室之年，但他却迟迟不婚，沉迷于刀枪弓箭和孙子兵法中，孟夫人觉得端文多年来一直对燮王的传位耿耿于怀，心中必有图谋不轨的念头。而祖母皇甫夫人对此有另外的看法，她对所有的王子皇孙都采取一种宽容和慈爱的态度。让他出宫，皇甫夫人后来对我说，一山不容二虎。你们兄弟素来不睦，与其搅在一起明争暗斗的，不如送走一个，我做长辈的也少操一份闲心。我说我无所谓，端文在不在宫里都跟我无关，只要他不再想暗算我，我就不会去阻止他的任何行踪。

我真的无所谓，我一直觉得端文端武兄弟心中潜伏的杀机只是蚍蜉撼树,除非借助至高无上的老祖母皇甫夫人,他们无力伤害我一丝毫毛。我想起端文那张阴沉而忧郁的脸,想起他骑在枣骝马上援弓射雕的勃勃雄姿,心中便有一种古怪的疑虑和猜忌。我怀疑在我和端文之间发生过某次严重的错位,有时候我真的怀疑被殉葬的杨夫人说的是一句真话,我是假燮王,端文是真正的燮王。我觉得我不像一个真正的燮王,而端文比我更像一个真正的燮王。

这是一块无处诉说的心病。我深知不能对任何人谈论我的自卑的猜疑,即使是最可亲近的燕郎。但在我最初的有惊无险的帝王生涯里,它像一块巨石压迫着我脆弱的冠冕,波及我的精神状态。我就这样成为一个性格古怪顽劣的少年天子。

我很敏感。我很残暴。我很贪玩。其实我还很幼稚。

孟夫人始终不放心端文在宫外的行踪,她派出的探子乔装成砍柴的樵夫,远远观察和监视着近山堂的动静。探子说端文晨读午练,夜间秉烛而睡,一切都很正常。可是有一天探子慌慌张张地跑到迎春堂,报告端文拂晓西行的消息,孟夫人说她早料到这样的结果。她猜测端文会投奔品州的西王昭阳,昭阳的宠妃杨氏是端文兄弟的嫡亲姨母,端文的西逃充分暴露了他不满现状的野心。

你一定要截住他，否则无异于放虎进山。孟夫人向我陈述了端文与西王府势力勾结后的种种弊端，她的目光异常焦灼，她一再嘱咐截道之事需要瞒住祖母皇甫夫人，以免那个可恶的老妇人从中作梗。

我听从了母亲孟夫人的意见。一个深宫中的妇人对于宫闱大事也会有独到和深刻的见解。我深知孟夫人把她的权柄维系在我的王位上，她所有的智慧一半用于与皇甫夫人的明争暗斗中，另一半则投注在对我的燮王冠冕的监护上，因为她是我的生身母亲，因为我是至高无上的燮国君主。

骠骑兵的快马在柳叶河渡口堵住了端文。据说端文当时夺路狂奔，企图跳上渡河的舟楫。他站在冰凉没膝的河水里，回首向骠骑兵射发了三支响箭。驾船的船夫因为受惊将舟楫划向河心，端文最终没有登上渡船。他朝河心追赶了几步，再次回首望了望岸上的骠骑兵和旗手手中的黑豹旌旗，他的脸上出现了一道悲壮而绝望的白光，然后他企图自溺于柳叶河中，迅疾地将整个身体沉下去。岸上的骠骑兵们大惊失色，他们一齐策马下河，将湿漉漉的端文捞上了马背。

被掳回的端文在马上沉默不语，沿途的百姓中有人知道那是宫中的长王子端文，他们以为这是一队征战返宫的人马，有人在路边树枝上点响爆竹。爆竹和欢呼声响起来的时候，马上的端文潸然泪下。直到返回铜尺山麓的近山堂，端文的阴郁的脸上仍然泪迹未干。

在端文被囚禁于近山堂的那段日子里，我曾经去见过他一次。清寂的近山堂物是人非，鹭鸟在冬天不知去向，而堂前的老树枯枝纵横，石阶上仍然残留着多日以前的积雪。我看见端文在寒风中独坐石凳，以一种无怨无恨的表情等候我的人马到来。

你还想往品州逃吗？

我没有想过要逃。我是想去品州购买一副新的弓箭，你知道只有在品州才能买到上乘的弓箭。

买弓箭是假，图谋作乱才是真的。我知道你心里想的什么，你一直以为父王是把王位传给你的，你这样想，端武也这样想，我从来不想，什么也不想，可我现在是燮王，我是你的君主，我不喜欢你眼睛里阴郁的火，躲躲闪闪的仇恨，还有那种该死的倨傲和藐视。有时候我真想把你的眼睛挖掉，你知道吗？

我知道。不仅是眼睛，假如你不喜欢我的心，你还可以把我的心也挖掉。

你很聪明，但我不喜欢你聪明过头，更不喜欢你把聪明用在谋权篡位上，否则我就割下你聪明的脑袋，给你安上一头猪或者一条狗的脑袋,你喜欢做一头猪还是做一条狗?

假如陛下一定要置我于死地,我情愿自求一死以免遭污辱。

我看见端文从石凳上站起来,返身走进近山堂内,少顷携剑而出。锦衣侍兵立刻簇拥上前,紧密关注着端文的举动。我看见端文的脸色苍白如雪,嘴角上却浮现出若有若无的笑意,紫铜短剑闪着寒光被高高举起,那刃寒光使我在瞬间丧失了意识。我的眼前再次闪烁了西巡途中杀戮场面的血肉之光,看见参军杨松手托肠子站在莜麦地里的身影,看见杨松之兄杨栋的血淋淋的怒目金刚的头颅,一阵致命的晕眩使我倒在锦衣侍兵的怀中。

不。别让他死。死人让我感到恶心。我呢喃着说。

锦衣侍兵上前夺下了端文的短剑,端文现在倚树而立,眺望沐浴在冬日阳光中的铜尺山山峰,他的神色无悲无喜。从他的眉宇之间我发现了已故先王的影子。

求生不能,求死不允,陛下到底想让我干什么?端文仰天长叹。

什么也别干,我就想让你在近山堂面壁读书,我不允许你走出近山堂十步之遥。

离开近山堂前我用剑刺在大柏树下划了一条线,这是我给端文划定的活动界限。当我无意间抬头打量那棵大柏树时吃了一惊,柏树坚硬的树皮上布满了坑坑洼洼的白斑,我知道那是箭镞留下的痕迹,无疑也是端文在近山堂卧薪尝胆的见证。

囚禁端文的秘密很快被好事的宫人走漏风声。我祖母皇甫夫人闻讯大怒,她没有更多的指责我,但孟夫人却被她杖打三次,孟夫人受到了史无前例的叱责和痛骂,自觉失尽脸面,差一点投入迎春堂后的水井中。

事情闹大后大燮宫外的朝廷重臣纷纷入宫进谏,所谏之言大体都是同室兄弟干戈相见的弊端。唯有丞相冯敖提出了一条务实的建议。他建议从速商定端文的婚姻大事,使端文充满危险的生活相对地稳定下来。冯敖谏言的关键是在端文完婚后所要采取的步骤,他提议封长王子为藩王,这样便可遣派端文出宫守关,以免大燮宫内同室操戈的尴尬局面。冯敖须发皆白,声若洪钟。冯敖是燮国的两朝丞相,权倾江山,也深得祖母皇甫夫人的信赖,在冯敖滔滔不绝的进谏声中,皇甫夫人不停地颔首称是,我知道冯敖的建议将很快被采纳了。

我成了一名旁观者。我不想也不能干涉皇甫夫人的决定。出于一种好奇心,我想看看皇甫夫人为端文选择一个什么样的女子。大燮宫里枯守着众多先王留下的嫔妃,如果按照我的意愿，我会把其中最老最丑陋的妇人许配端文，但我知道那是违反天伦的，也是不可能的。我母亲孟夫人怀着仇恨的心情预测了端文的婚事，她对我说，你等着看吧，那老不死的母狼肯定要把娘家的女孩子塞给端文，大燮宫早晚会变成皇甫家族的天下。

孟夫人的预测不久被事实所证实。端文果然娶了吏部尚书皇甫彬的六小姐，其实也就是皇甫夫人的侄孙女。我知道那是个脸孔黑黄眼睛有点斜视的女孩。对于端文被动的婚姻宫内流言纷纭，老宫人们感叹昔日的骄子端文如今沦落成老夫人手中的木偶，年龄幼小的宫女和阉宦在婚典之日则喜笑颜开，他们躲在窗廊后尽情嚼咽着杂果糕点。

我有些幸灾乐祸，同时也萌动了兔死狐悲的恻隐之心。端文第一次给我某种可怜弱小的感觉。娶了个斜眼女子。我对燕郎说，那个皇甫小姐就是给我做婢女都不配，端文也够倒霉的。

端文的婚典在侧宫的青鸾殿举行，按照大燮祖训君王不可参加臣子的婚丧仪式。婚典之日我在清修堂回避，听见侧宫的方向传来钟鼓弦乐之声，我无法抑制我的好奇心，带着燕郎从后花园的耳门潜入了侧宫。青鸾殿前的卫兵认出了我，他们张大嘴巴惶惑地望着我站到燕郎的肩背上，燕郎缓缓地直起身子，我就慢慢地升起来。这样我从窗格中清晰地窥见了青鸾殿内的婚典场面。

大鼓再次捶响，红烛之光将婚典中的人群描上了朱砂色的油彩，王公贵族们肥胖的身影形同鬼魅，峨冠博带与裙钗香鬓一齐散发着盲目的欢乐气息。在人群中我看见了母亲孟夫人，她的脂粉厚重的脸上荡漾着虚伪的微笑，皇甫夫人手执寿杖安坐在椅子上，她的松弛的长满赘肉的颈部左右摇晃着，这是一种高贵的疾病，在摇晃中皇甫夫人欣赏着她亲手安排的宫廷婚姻，无比慈爱，无比闲适。

我恰恰目睹了新郎端文掀红布帕的情景。端文的手在半空中迟疑了很久，然后猛然掀去那块红布帕，那只手无从掩饰主人的失望和沮丧，皇甫氏的眼珠一如既往地朝两侧斜视，她的羞赧的神情因而显得很可笑。我在青鸾殿外忍俊不禁，我的不加节制的笑声无疑惊动了殿内的人，他们一齐朝窗上张望，我看见端文的脸在大婚之日仍然阴郁而苍白，他朝窗上张望时嘴唇嚅动了一下，我听不见他到底说了什么，也许他什么也没有说。

我从燕郎背上跳下来，飞快地逃离了青鸾殿。从侧宫到凤仪殿的路上，悬挂着无数喜庆灯笼。我随手摘下一盏灯笼，一路跑着回到清修堂。我跑得很快，燕郎不停地劝我跑慢点，他怕我摔倒。可我仍然提着灯笼跑得飞快,我不知道我害怕什么,似乎后面的钟鼓声在追逐我,似乎是害怕那场可怕的婚典在追逐我。

夜里下起了冻雨,我在龙榻上遥想日后我的婚事,心里空洞而怅然。清修堂外的宫灯在夜雨中飘摇,火苗忽闪不定。更役在宫墙外敲响三更梆声,我猜想端文已经挽着斜眼新娘的手步入了洞房。

那群白色小鬼再度降临我的梦中。现在我清晰地看见了他们的面目,是一群衣衫褴褛通体发白的女鬼。他们在我的龙榻边且唱且舞,是一群淫荡的诱惑人的女鬼,冰清玉洁的肌肤犹如水晶熠熠闪光。我不再恐惧,不再呼叫僧人觉空前来捉鬼。在梦中我体验了某种情欲的过程。我梦遗了一回,后来自己起来换下了中衣。

端文不久就接受了光裕大将军的封印,率领三千骑兵和三千步卒开往焦州,他的使命是驻守边界以抵御彭国的扩张和侵犯。端文在繁心殿接受封印,并索取了已故先王遗留的九珠宝刀。当他跪下谢恩时我看见他的腰带上系着那只刻有豹子图案的玉如意,那是祖母皇甫夫人的赠物,也就是我多次索取而未得的祖传宝贝。这个发现使我的自尊心受到了严重的打击。在朝臣们向端文恭贺道别的时候，我从繁心殿拂袖而去。

我不知道皇甫夫人翻手为云覆手为雨的目的是什么，我讨厌她遍洒甘露于每一个子孙的权术。她已届风烛残年，为什么还在殚精竭虑地驾驭大燮宫的人人事事？我甚至多疑地猜想皇甫夫人与端文之间存在着某些勾结。

他们想干什么？

我曾就这个疑问请教翰林院大学士邹之通。邹之通是一个学识渊博文章冠群的儒生，但他在回答我的疑问时张口结舌，不知所云。我知道这是因为他们害怕皇甫夫人的缘故，若是僧人觉空在宫里就好了，可惜他现在已经归隐遥远的苦竹山。

我听见有人躲在幕帘后低声啜泣。谁在那儿？我撩开幕帘一看，原来是燕郎，燕郎的眼睛已经哭肿了。啜泣声戛然而止，燕郎立刻跪地告罪。

为什么哭？谁欺负你了？

奴才不敢惊扰陛下，实在是疼痛难忍。

哪里疼？传太医来给你诊治一下吧。

奴才不敢。疼痛马上会过去的，奴才不敢惊动太医。

到底是哪里疼？我从燕郎哀楚的神情中发现了蹊跷之处，

便想问个水落石出。从实禀来,我沉下脸威胁燕郎说,你若敢欺君缄口我就传刑监来鞭笞问罪。

后面疼。燕郎以手指着臀后,再次呜咽起来。

我茫然不解,燕郎半遮半掩的陈述终于使我明白过来。我以前听说过太子端武与京城伶人厮混不清的传闻,大学士邹之通谓之断袖邪风。但我没想到端武的断袖之手竟敢伸向宫中,而且伸向我素来娇宠的燕郎身上。我觉得这是端武兄弟对我的又一次示威。

我勃然大怒,当即传端武到清修堂兴师问罪。燕郎的小脸吓得煞白,他伏地求我不要声张此事,奴才受点皮肉之苦是小事,张扬出去就会惹来杀身之祸。燕郎跪在我脚下捣蒜似的磕头。我望着他奴颜婢膝的模样,突然觉得厌恶之至,飞起一脚踢在他的臀部上,我说,你下去,我并非为你申冤,端武一向骄横自大,我早就想惩治他了。

刑监们依照我的吩咐在堂前摆好了宫刑器具。一切准备就绪,传旨的宫监也先自回到清修堂,宫监回禀道,三王子正在沐浴更衣,随后即到。

在宫监们的窃笑声中端武来到清修堂前,我看见他大摇大摆地走到放刑具的矮几前,信手拈起一柄小刀把玩着,你们在玩什么?他毫无察觉地询问旁边的刑监。刑监没有搭腔,我正欲步下台阶，燕郎尖声大叫起来，陛下发怒了，三王子快逃吧。

端武闻声大惊，脸上乍然变色。我看见他转身就跑，提着裘角，趿着皮屦，撞开了前来拦堵的宫监，老太后救我！端武一路喊着仓皇逃逸，他的行状既狼狈又可笑。宫监们追了一程又退回来，说端武真的朝老太后的锦绣堂跑去了。

对端武暗施宫刑的计划错过了。我迁怒于通风报信的燕郎，我不理解他为什么如此卑贱。可恶的奴才，现在你替端武受过吧。我令刑监们鞭笞燕郎三百下，作为对他背叛我的惩罚。但我又不忍心目击燕郎受刑之苦，于是我愤愤然回到堂上，隔帘听着下面皮鞭笞打皮肉的噼啪之声。

我真的不理解燕郎的卑贱，抑或卑贱的铁匠父亲传留了卑贱的血统？卑贱的出身导致了燕郎卑贱的人格？响亮的噼啪之声不断传来，传来的还有燕郎的呻吟和妇人般的哭诉，燕郎说奴才皮肉之苦是小社稷之事是大，燕郎还说为了陛下三王子不致结下怨仇奴才死而无憾。

我心有所动，突然害怕瘦小的燕郎会死于皮鞭之下，于是我让刑监停止了鞭笞。燕郎从刑凳上滚落在地，强撑着跪拜谢恩，即使是现在他的圆脸仍然不失桃红之色，双颊上热泪涔涔。

还疼吗？

不疼了。

撒谎，鞭笞一百怎会不疼？

陛下的释恩使奴才忘却了疼痛。

我被燕郎矫饰的言辞逗笑了。有时我厌恶燕郎的卑贱，但更多的时候我欣赏或享受着燕郎的卑贱。

我最初的帝王生涯里世事繁复，宫墙内外的浮云沧桑都被文人墨客记载成册，许多宫廷轶事在江湖上广泛流传，但对于我来说，记忆最深的似乎就是即位第一年的冬天。

第一年的冬天我十四岁。有一天适逢三九大雪，我带着一群小宫监到花亭去打雪仗，父王生前的炼丹炉被闲置在花亭一侧，炉边的积雪尤其深厚。我无意间踩到了一块绵软的物体，扒开积雪一看，竟然是一个冻毙在风雪中的老宫监。

冻毙者是我所熟识的疯子孙信。我不知道在昨夜的弥天大雪中他为何要苦守在炼丹炉前，也许孙信已经糊涂到了不可救药的地步了，也许孙信想在风雪之夜再次生起先王的炼丹之火。

孙信的手中紧紧捏着一爿未被点燃的木柴。在大雪的覆盖下他的面容一如孩童姣好而湿润，两片暗红的嘴唇茫然地张开着，我似乎听见了孙信苍老而喑哑的声音，孙信既死，燮国的灾难就要降临了。

第 二 章

1

来自品州商贾富户的蕙妃聪敏伶俐,国色天香。在我的怀中她是一只温驯可爱的羊羔,在我嫔妃群中她却是一只傲慢而孤独的孔雀。我青年时代最留恋的是蕙妃妩媚天真的笑靥和她肌肤特有的幽兰香味,最伤神的是蕙妃因受宠惹下的种种宫廷风波。

我记得一个春日的早晨在御河边初遇蕙妃。那时候她是个初入宫门的小宫女。我骑马从桥上过来,马蹄声惊飞了岸边的一群鸟雀,也惊动了一个沿着御河奔跑的女孩子。透过薄雾我看见她在悉心模仿飞鸟展翅的动作,鸟群飞时她就扇动长袖往前跑,鸟群落下时她就戛然止步,用手指顶住嘴唇发出叽叽喳喳的鸣叫。当鸟群掠过杨柳枝梢无影无踪时她发现了我的马,我看见她慌慌张张地躲到柳树后面,两条手臂死死地抱住了树干,她把脸藏起来了,但那双粉红的颤抖的小手,以及手腕上的一对祖母绿手镯却可笑地暴露在我的视线里。

你出来。我策马过去用马鞭捅了捅柳树干上的那双小手，树后立刻响起一声惊惧的尖叫，人却依然躲着不肯出来。我再捅一次，树后又叫一声，我不由得笑出了声，我说，你再不出来我就用马鞭抽你了。

树后露出女孩子美丽绝伦的面容，惊骇和战栗在她的明眸皓齿间呈现出夺人心魄的光艳，深深地迷惑了我的眼睛。

皇上宽恕，奴婢不知皇上驾到，女孩子伏地跪下，好奇的目光偷偷地打量着我。

你认识我？我怎么没见过你，你是在皇甫夫人的宫里做事吗？

奴婢初入王宫，名字还没有写上宫册。女孩子露出浅浅一笑，她垂下的头部渐渐抬起来，目光正视着我，表情大胆而调皮，她说，我一见皇上的倜傥风姿和龙颜凤气，虽不曾幸见也猜出几分了，您就是至高无上的大燮王。

你叫什么名字？

现在没有名字了，奴婢盼望皇上给我赐名呢。

我跳下玉兔马，扶女孩子平身站起。我从来没见过如此纯真如此妩媚的宫女，从来没有一个女孩子敢像她一样与我谈话。我牵住了她的手，那只手纤小而光滑，手心里还压着一片海棠花的花瓣。你跟我一起骑马玩吧。我把女孩子推上马背，先是听见一声惶惑的尖叫，我不会骑马，然后是一阵银铃般快乐的笑声，骑马好玩吗？

我无从解释初遇蕙妃时的喜悦和冲动，只记得那个早晨的同骑而行改变了我从前厌恶女孩的态度。从女孩裙裾和黑发间散出的是新鲜迷人的气息，是一种接近幽兰开放时的清香。玉兔马沿着御河慢慢跑向燮宫深处，一些早起修剪花枝的园丁都停下手中活计，远远地观望玉兔马上的同骑二人。其实无论是那些莫名惊诧的园丁，还是我自己，或者是受宠若惊的蕙妃，这个早晨都是令人难忘的。

你适才是在学鸟飞吗？在马背上我询问蕙妃。

是的。我从小就喜欢鸟禽，皇上喜欢吗？

比你更喜欢。我仰首望望大燮宫的天空，天空中出现了一条博大的金色光带，太阳在白晷门上冉冉升高，惯常栖落在琉璃檐顶上的晨鸟不知去向。我有点疑惑地说，鸟群飞走了，你来了把宫中的鸟群都吓走了。

我的祖母皇甫夫人和我的母亲孟夫人从来不睦，但在对待蕙妃的态度上两个妇人取得了一致。她们都不喜欢蕙妃，并且不能容忍我对她特有的宠爱。皇甫夫人对蕙妃举手投足间的市井风味深恶痛绝，她埋怨选妃的官吏不该把这种女孩子选入宫中,而孟夫人生性嫉恶花容月貌的女孩,她认为蕙妃是媚狐转世,日后必定成为宫廷色患,甚至影响江山大计。

两个妇人联手阻挠我将品州女孩蕙仙册立为贵妃。整个春季我为此焦虑不安,我想方设法证明我对品州女孩的宠爱是一种天意,她是宫中另外一个爱鸟成癖的人,她天真稚拙的灵魂与我的孤独遥相呼应。但是两个狭隘偏执的妇人却把我的肺腑之言视为谵语梦呓,她们无端地怀疑我受到了蕙仙的唆使,因而更加迁怒于蕙仙。

先是皇甫夫人将蕙仙传至锦绣堂,在一番冗长的盘诘和讥贬之后,皇甫夫人直言警告蕙仙,以后不许再去诱惑皇上。我母亲孟夫人随后将蕙仙传至凄冷的后宫,孟夫人引领蕙仙亲睹了那些被各种刑罚致残的宫女嫔妃,然后她面带微笑问蕙仙,你想走这条路吗?蕙仙嘤嘤地哭泣起来,她摇着头说,不,奴婢无罪。我母亲孟夫人冷笑了一声,她说,什么有罪无罪的,罪都是人犯下的,也都是人制定的,我告诉你,勾引皇上很容易,把你挖鼻去目打入冷宫也一样容易。

这些都是我忠心的奴仆燕郎后来告诉我的。在蕙仙被幽禁在侧宫无梁殿期间,我无可奈何,只能通过燕郎在清修堂和无梁殿之间频频传递相思之笺。

对品州女孩缠绵无尽的相思唤起了我写词作诗的愿望。那个苦恼的春天我无意临朝问政，每日端坐清修堂迷醉于以笔传情和制作各种宫廷纸笺的工作，等到夜阑人静后由燕郎将我的诗笺送入无梁殿蕙仙的手中。我迷醉于这项工作，其实是迷醉于一种悲伤的游戏，心中的感受是复杂而怪诞的。当我在寂静的春夜泪流满面，对着皓月星光一遍遍吟诵《声声慢》时，我不再是一个赫赫帝王，更像一个在潦倒失意中怀念红粉佳人的文人墨客，这种变化使我感到深深的惶惑和惆怅。

我的那些伤情感怀之作后来被人编纂成《清修堂集》，在燮国及诸乡邻国不胫而走，而我与燕郎潜心制作的各种宫廷诗笺，譬如菊花笺、红牡丹笺、洒金笺、五色粉笺等后来也被文人富豪所仿制，成为风行一时的馈赠礼品，这是后话不提。

一个微雨清风的夜晚，燕郎领着我从一扇掩在斑竹丛后面的暗门悄悄来到无梁殿。偌大的无梁殿是前代的宫廷匠人留下的杰作，不见梁椽，也不设窗户，唯有巨大的神龛供奉着燮国的几位开国元勋的英魂亡灵。我不知道皇甫夫人和孟夫人将蕙仙幽禁在此的动机，其缘由或许是无梁殿没有木梁，这样蕙仙就无法采用女孩通常使用的自缢办法来以死抗争，或许两位夫人就是想把蕙仙抛在阴森黑暗的荒殿里，用妇人特有的耐心和细腻将蕙仙慢慢摧残至死。或许这只是一种漫不经心的刑罚？我这样想着心情沉重如铁，手指触及墙上的青苔，滑腻而冰凉的触觉传及我遍身，我觉得我摸到了一扇死亡之门。

空旷的殿堂里忽闪着一星烛光，烛光里的女孩形销骨立，面对一沓纸笺黯然神伤。我看见十八只鸟笼整齐地堆放在女孩身边，所有的鸟笼都是空的。十八天来我每天派燕郎往无梁殿内送去一种鸟雀，陪伴蕙仙挨过这段可怕的时光，孰料十八种鸟雀被悉数放飞，我的心就像鸟笼变得空空荡荡了，我一言不发直到蕙仙突然醒悟过来。

皇上宽恕，奴婢把鸟儿放走了，奴婢不是故意抗恩的。

为什么？你不是说你最喜欢鸟禽吗？

奴婢无罪，鸟儿无罪，我不忍心让鸟儿陪我受苦。蕙仙抱住我的双膝跪地而泣，多日分离她的声音已从豆蔻少女的清脆童音变成一个成熟妇人的喁喁怨诉，她说，皇上千万别怪我不蒙恩典，奴婢容颜已褪，心儿已死，洁净的身骨却为皇上活着，奴婢的一片真情托付于放飞的鸟雀捎给皇上，否则便死不瞑目了。

我没有怪你，我不知道我该怪谁。有一只画鹛是天生的家鸟，你放它飞它也飞不远，会死在半途中的，你不该把画鹛也放飞的。

画鹛早已死去，奴婢无处掩埋，就把它落葬于梳妆盒内了。蕙仙从神龛后恭恭敬敬捧出一只紫檀木梳妆盒，打开盒盖让我察看。

不必看了，既然死了就把它随意扔掉吧。我摇了摇头，从死鸟身上喷发的腥臭之气已经很浓烈，蕙仙依然奉若神祇，她的富于想象的鸟葬使我浮想联翩，在黯淡的烛光中我与女孩子执手相视，我在女孩颇显憔悴的容颜中发现了一抹不祥的阴影，那是一只美丽的小鸟临死坠落时飘落的一根羽毛，是那根羽毛掠过女孩红颜留下的阴影。我一遍复一遍地抚摸她冰凉的小脸，整个手都被她的泪水打湿了。

蕙仙泪如泉涌，在啜泣中时断时续地背诵了我的每一篇诗文，诵至最后的《减字木兰花》时她突然晕厥在我的怀里。我把可怜的女孩拥在怀里，怀着无限的爱怜等待她苏醒。那天夜晚有隐隐的洞箫声飘入无梁殿，凄清而幽远，殿堂内腐木的气味和女孩身上的幽兰香混杂在一起，如在梦中。我知道现在我真正陷入了男女之情的大网。

无论如何，我要立这女子为贵妃。我对燕郎说。

后来就发生了我以断指胁迫两位夫人立蕙仙为贵妃的宫廷大事。事情的起因是燕郎讲的一个民间故事。故事中的张相公为了与一个风尘女子共结连理，在父母面前剁掉了一根手指。我不知道聪颖过人的燕郎是否就此暗示我如法炮制，但我确实是从中受到启发的。

我记得在锦绣堂的那个令人窒息的午后，当我把剑刃指向左手食指，两个妇人大惊失色，她们的表情由震惊转向愠怒，渐而是无可奈何的沉默。我母亲孟夫人上来抢下我的宝剑，皇甫夫人则缩在一堆紫貂皮里连声哀叹，我的突兀之举对她年迈的身体无疑是猛烈的一击，她的花白的脑袋很可笑地左右颤动起来，干皱的脸上老泪纵横。

如此看来我当初走错了一步棋。皇甫夫人擦拭着泪迹，对她身边的狸猫倾吐她的忧虑和绝望，她说，一国之君何至于此？如此看来大燮江山真的要败于端白之手了。

执笔造册的司礼监左顾右盼，最后他终于认识到册立贵妃之事已发生戏剧性的变化，而且不可扭转。来自品州的名不见经传的女孩蕙仙终于金册题名，成为唯一的由我自己选择的贵妃。

蕙妃诞生于我的剑刃之上，蕙妃在燮宫六年住在无梁殿后面的鹂鸣阁上，那是我在择地定名后令工匠们修筑的小楼，作为一场悲欢离合的纪念和见证。

2

即使是燮国百姓也知道我立彭氏为后的政治背景。燮国的日渐衰落与彭国的蓬勃向上构成一盘棋的形状，黑吃白的险象已经发生或者将要发生。在我即位第四年的春天，燮彭交接的百里疆界屡屡传来令人不安的战报，那里的农户拖着犁锄农具朝燮国腹地及京城逃奔而来，也带来了更加可怕的消息。飞扬跋扈的彭王昭勉站在沦陷的边城泥州城门上，对着燮国京城的方向便溺，他扬言彭国军队可在八昼夜内直取燮王王宫。

我的大婚因之成为危棋棋盘上的一枚重子，无疑它是缓解形势的最后一招了。那段时间我像任何一个面临国难的帝王一样焦灼不安地坐在繁心殿上，听着文武朝臣们的唇枪舌剑的论争却无法应对。我深知自己是一个无能的形同虚设的帝王，一切都将听凭皇甫夫人、孟夫人和丞相冯敖的安排，于是我干脆缄口不语。

前往彭国商议通婚大事的是御史刘乾。刘乾纵横捭阖的三寸不烂之舌在宫廷内外享有盛名，朝臣们对他的出使毁誉不一，但我的祖母皇甫夫人把最后的赌注都押在刘乾出使上，她让刘乾的车马载走了六箱金银珠宝，其中多有价值连城的精品国宝。皇甫夫人在刘乾临行前向他许诺，一旦出使成功，她将以千顷良田和万两黄金奖赏刘乾。

没有谁注意我消极悲观的情绪，没有谁知道堂堂燮王在宫廷生活的非常时刻中显得无足轻重。在等待快马回音的那些日子里，我多次想象了彭国的文妲公主的仪态芳容，我希望她有蕙仙的国色天香，有黛娘的五乐之技，我还希望她有觉空的大智大慧，有燕郎的温情体贴，但这不过是一种幻想，我很快听说文妲公主是一个相貌庸常、性格乖僻的女子，她的年纪足足长我三岁。

几天后刘乾事成回朝，带回文妲公主的一只绣金香袋，大燮宫上下便漾起一派喜庆气氛。我从繁心殿罢朝回宫的路上，看见许多宫监宫女在楼廊下痴笑不迭，窃窃私语。我按捺不住一股无名怒火，令燕郎上前驱散人群。

不准他们笑。我对燕郎说，谁笑就掌谁的嘴，三天之内不准宫人笑。

燕郎遵旨办事，后来他回禀我有七十多名宫人因笑被掌嘴责罚，他的胳膊因用力过度而酸胀万分。

大婚前夕的夜里我奇梦不断。我梦见自己像鸟雀一样在宫中跳跃,十八道宫门在我身后一闪而过。我梦见一片模糊的闪着白光的空地,空地周围聚集着模糊的黑压压的人群。杂耍艺人走索的绳子遗留在我头顶上方,有一个声音在人群和天空之间回荡,抓住绳子,上去,走索,上去,走索。我抓住了绳子,我梦见自己像鸟雀一样轻盈地飞起,恰恰落在天空中的绳索上,然后我的身体和绳子一起荡起来,向前走三步,向后退一步,无比轻捷和快乐,而灵魂中有一缕轻烟在走索的过程中袅袅上升。

我讨厌我的王后彭氏,彭氏讨厌我的爱妃蕙妃,而蕙妃讨厌我的其他几位妃子菡妃、兰妃和堇妃。我知道自古以来帝王须与红颜丽人为伴,六宫粉黛的明争暗斗是一眼活泉挥之不去,堵之不绝。几年来我多方回避后妃们的龃龉矛盾,但她们在有意无意间制造的事端总是令我防不胜防,身不由己地落入那些无聊的脂粉漩涡之中。

据细心的总管太监燕郎观察,我的后妃们在很短的时间内已经各自结盟。彭氏和兰妃是一盟体,她们是最受皇甫夫人疼爱的,菡、堇二妃是一对表姐妹,也是我母亲孟夫人的外甥女,那对表姐妹无疑把孟夫人视为在宫中的靠山,而孟夫人对菌、董二妃的呵护已被宫人们看在眼里。

那么我的蕙妃呢？我问燕郎。

蕙妃孤傲自怜，不过她有陛下的宠幸也足够了。燕郎笑而作答，他说，依奴才看蕙妃是最幸运的。

只怕她红颜薄命，我的宠幸未必挡得住四面八方的明枪暗箭。我想了想嗟叹一声，从怀里掏出一只织锦小囊袋，那里面装着些许香粉和蕙妃的一缕青丝。有时候我把它打开来，眼前会产生一种不祥的幻景，看见蕙妃的那缕青丝无风飞起，在清修堂高渺的屋宇下飘浮不定，最后消失在一片幽暗之中。她是一只小鸟飞错了枝头，我对燕郎道出了心中的忧虑，她迟早会被击落在淤泥里的。

我的所有后妃都不能容忍我对蕙妃的深宠。她们从来不认为自己的姿色不敌蕙妃，因而一致推断蕙妃对皇上施展了民间的妖术。我听说彭氏曾率领兰、菌、董三贵妃到皇甫夫人那里哭诉，请求查实蕙妃的妖术，皇甫夫人竟慨然应允。我哑然失笑，对于后妃们可笑的行径我无法作任何的辩解。消息传至蕙妃的耳中，蕙妃气得大哭一场，她抹着眼泪问我该怎么办，我说谣言自生自灭，你不必在意，即使你真有妖术，我也愿意受你的蛊惑，自古以来帝王的房事都是至高无上的，没有谁可以阻碍我们同床共枕。蕙妃半信半疑，但最后还是破涕为笑了。

后来就发生了宫女在鹂鸣阁窥听帝王房事的燮宫第一丑闻。我不知道那个可怜的小宫女桂儿是怎么潜入凤榻下的，她也许在榻下已经躲了好多时辰。蕙妃到地上端取热水的时候看见桂儿的一角裙裾露在榻边，她以为是掉落的黄巾，伸手去拽，结果拽出桂儿的一只脚。我记得蕙妃的一声尖叫异常响亮，鹂鸣阁里立刻响起守夜宫人杂沓而慌乱的脚步声。

小宫女桂儿已被吓得簌簌发抖，她说不出一句话来，只是以手指窗外的方向，表明她是受人指使而来。

谁让你来的？我拎起桂儿的鬓发，使那张极度恐惧的脸仰对着我。

彭王后。桂儿说罢就哇地大哭起来，边哭边申辩道，陛下饶命，奴婢什么也没看见，真的什么也没看见。

彭王后让你看什么？我明知故问，有意让她和盘托出。

看蕙妃如何用妖术迷惑陛下，可奴婢什么也没看见。怨只怨奴婢贪恋财物，做下了这等糊涂事，恳请陛下饶我一命吧。

彭王后用什么财物买通你的？蕙妃在一边问。

金钏一副，凤钿一对，玉玲珑一双。就这些东西。

真正的贱奴。蕙妃咬牙切齿地说，这么点东西就能买通你犯杀头之罪了？我看那些首饰就是彭王后给你的陪葬。

宫监们上来拖走了桂儿，那个可怜的小宫女像一只死羊被拖出鹂鸣阁,留下一路微弱的喊冤声。我和蕙妃相视无言,听得铜壶玉漏已报三更三点。大燮宫里天寂人静,蕙妃的脸色苍白如雪,黑眸中噙满屈辱的泪水。

苍天不容我在大燮宫吗?蕙妃说。

我不知道。

苍天不容我在皇上身边吗?蕙妃又说。

我不知道。我真的不知道。

第二天小宫女桂儿被捆在布袋里扔进御河,按照蕙妃的意思,宫人们在布袋里还塞进了彭王后的那些赃物。管理御闸的官役打开闸门,那只装人的布袋便顺流冲出宫墙,最后它将漂浮在京城外面的燮水河中。这是大燮宫处置死罪宫人最普通的方法,名曰"漂送"。

当天夜里适逢伶人们进宫唱戏,在东花园的戏台前我看见这场活剧的制造者彭氏。彭氏坐在皇甫夫人的旁边,以一柄桃花纨扇掩住半边脸颊。她似乎若无其事。倒是菡妃董妃对桂儿之死动了恻隐之心。菡妃先是问我蕙妃怎么不来听戏,我说她病着无心听戏。然后我听见菡妃转向董妃悄悄耳语,当事人无事,可惜了桂儿的一条性命。

彭王后的烟霞堂距离清修堂百步之遥,但我很少涉足,偶尔在烟霞堂度过一夜对我来说是宫廷礼仪的需要，我不能忍受彭氏的躲舌口音，以及她喜怒无常的脾性。有时我从彭氏的花鬓金钗后依稀看见彭国巨兽虎口的阴影，心中便生出无限的含羞忍垢之感，我曾对燕郎感慨道，堂堂君王竟效仿娼妓卖笑求荣，可谓荒唐可悲之至。及至后来，我和燕郎习惯于以彭国指代烟霞堂，每次去烟霞堂时我就对燕郎说，起驾去彭国缴纳贡品吧。

可恶的彭国女子不满于我的逢场作戏，据安插在烟霞堂的眼线宫人密告，彭王后经常在宫人面前诋毁燮国朝政，嘲讽我的无能，咒骂鹂鸣阁的蕙妃。这些都在我的意料之中。但我不曾预料彭氏会给彭王昭勉书写密信，那个信使在京城外的官道上被拦截，交出了那封插着三根雁翎的火急密信。

信中满纸皆是牢骚怨言，彭氏把她的处境描述得楚楚可怜，受尽欺凌。最后彭氏异想天开地要求她的父亲急遣一支精兵开进燮宫，以此确保她在燮宫的地位。

我怒火满腔，在密令斩杀信使之后将彭氏召至清修堂，宫监当着彭氏的面又将信的内容诵读一遍，我厌恶地观察她的表情，起初她有点慌乱，继之便是那种轻侮傲慢的微笑，嘴里仍然含着一只红色的樱桃。

你到底想要怎么样呢？我压抑着怒火责问道。

并非想怎么样，我也知道你们会把信使堵住的。不过是想提醒皇上，文妲虽是弱女，却不是好欺负的。

信口雌黄。你是一国之后，我对你都一向恭敬，还有谁敢欺负你呢？

我是一国之后，可我却被一个轻薄的侧妃欺了。彭氏吐出嘴里的樱桃核，突然双手蒙面哭闹起来，她跺着脚哭诉道，我在彭国时父王母后待我如掌上明珠，从小就没受过别人的气，没想到下嫁到你们倒霉的燮宫，反而要受一个贱女子的羞辱，蕙妃算什么？她是狐精，她是妖魔，大燮宫里有我没她，有她没我，请皇上抉择而行吧。

你想让蕙妃死？

让她死，或者让我死，请皇上定夺吧。

假如让你们一齐去死呢？

彭氏突然止住了哭泣，用一种惊诧的眼光望着我。随即她的泪脸上又浮出那种讨厌的讥嘲的微笑。

我知道这是皇上的戏言，皇上不会把燮国的前程断送在一句戏言之中。彭氏左顾右盼地说。

假如不是顾及燮国的前程，我立刻赐你一匹白绫。

我拂袖而去离开了清修堂，空留下彭王后坐在堂上。我在花苑里站立了好久，满苑春花在我的眼里失却了往日的鲜艳，沿墙低飞的紫燕的啁啾也变得枯燥刺耳。我踩倒了一丛芭蕉，又踩倒一丛，这时候我感到眼眶里一阵温热，抬手摸到的却是冰凉的泪。

后妃们对蕙妃的围剿愈演愈烈，由于受到皇甫夫人和孟夫人的纵容，围剿的言行几乎到了无以复加的地步。最令人震惊的是去牡丹园赏花的那一次，蕙妃受到了难以想象的污辱和打击。去牡丹园赏花是皇甫夫人每年例行的宫廷盛事，凡宫中女眷嫔妃一应参加。我记得赏花请帖送至鹂鸣阁时，蕙妃似乎预感到了结局，她惶恐地问我，能否称病谢绝？与她们在一起我怕极了。我阻止了蕙妃，我说，这种场合她们不会为难你的，还是去的好，也省得皇甫夫人再跟你结怨。蕙妃面露难言之隐，最后她说，既然皇上让我去我就去吧，谅她们也不敢对我怎么样的。

一大群妇人浓抹盛装竞艳斗芳地云集在牡丹园里，跟在皇甫夫人的镂金便辇后款款而行。无人真有赏花之心，都是三个两个地交头接耳，议论着园外的飞短流长。唯有蕙妃有意落在人后，却无意被满园盛开的牡丹迷住了，边走边看，渐而忘却了脚步的方寸。蕙妃的莲足踩住了前面兰妃的裙角，一场祸害因此骤然降临。

瞎了眼的母狗。兰妃怒目回首,并且朝准蕙妃的脸上啐了一口唾沫。这时候后妃们非常默契地一齐驻足回首。

狐精。菡妃说。

妖女。堇妃说。

不要脸的小贱货。彭王后说。

蕙妃起初下意识地撩起鸳鸯绦擦拭脸颊,继而就将鸳鸯绦咬在嘴里,惊悚的目光环顾着四位结盟的后妃,她似乎不相信自己的耳朵。她低头看了看自己的足部,终于相信是它惹来了一场恶毒的辱骂。

你们是在骂我吗?蕙妃恍恍惚惚拉住兰妃的手,很认真地说,我不过是不小心踩住了你的裙角。

什么不小心?你是故意想出我的丑。兰妃冷笑着甩开蕙妃的手,然后不依不饶地加上一句,拉我手有什么用?还是去拉着皇上吧。

她拉人拉惯了,不拉难受,品州的贱货都是这样。彭王后挑衅地直视着蕙妃。

蕙妃像一株秋草被狂风吹伏,慢慢蹲在地上,她看见牡丹园中的所有女宾都驻足回首,朝这里张望。蕙妃的还击则像梦语一样含糊无边,牡丹园的锦簇花团突然散射出一道强烈的红光,蕙妃在这道红光中再次昏厥过去。后来有人告诉我,蕙妃那天一直在喊,陛下救我,陛下救我。但我当时隐秘地离宫而去,正与燕郎混迹在京城广场上观看杂耍艺人的演出。那天我没有见到神奇的走索表演。因此兴味索然,黄昏回宫就听到了蕙妃受辱的消息。

　　正是满园花开的阳春三月,蕙妃病卧于鹂鸣阁上,愁眉哀眸更让我怜爱三分。太医令前来诊病,很快就禀告了一个惊人的喜讯。太医令说,恭喜皇上,贵妃娘娘已怀龙胎三月有余。
　　我生平首次感受到为人父者的喜悦,抑郁之情烟消云散,当下重金赏了太医令。我问太医令小天子何时降生,他扳着指头回禀道,秋后便可临盆。我又问,太医能否预知是男是女?两鬓斑白的老太医抚须沉吟了片刻,说,贵妃娘娘所怀多半为小天子。只是娘娘体虚质弱,龙胎仍有流失之虞,若要确保不失须精心调养才是。
　　我来到蕙妃的绣榻边,捉住她的一双酥手放在怀里,这是我通常对女子温爱的习惯。我看见疾病中的蕙妃仍然在鬓边斜插红花,双颊的病色则以一层脂粉厚厚地遮盖,她笑容后的忧伤不能瞒过我的眼睛。我倏而觉得面前的蕙妃很像一个美丽的纸人,一半在我怀中,一半却在飘荡。
　　你怀胎已有三月,为什么不告诉我呢?

奴婢害怕。

害怕什么？你不知道这是燮宫的大喜大福吗？

奴婢害怕消息过早走漏，会惹来什么祸端。

你是害怕彭王后她们的妒忌，害怕她们会加害于你吗？

怕，奴婢害怕极了。她们本来就容不下我，怎会甘心让我先怀龙胎，抢尽嫔妃脸上的荣光。我知道她们什么事都做得出来。

别怕，只要你生下龙子，日后我可以伺机废去那个狠毒的彭国女子，立你为后。我的先辈先王就这样做过。

可奴婢还是害怕。蕙妃掩面啜泣起来，整个身子像风中杨柳倾偎在我的肩上，她说，奴婢怕就怕不能顺利生产，到头来一枕黄粱，也辜负了陛下对奴婢的厚望。陛下有所不知，宫廷中灭胎换胎的毒计历来是很多的，奴婢怕就怕到时会防不胜防。

你从哪里听到的这些无稽之谈？

听到一些，也猜到一些。世上最毒妇人心，也只有妇人能洞悉妇人的蛇蝎之心。我害怕极了，只有陛下可以给我做主。

怎么做主？你只管说，我自然会给爱妃做主。

陛下移榻鹂鸣阁，或者奴婢迁往清修堂居住，只有靠陛下每日每夜的庇护，奴婢才能避免厄运加身。蕙妃的泪眼充满企盼地凝望着我，然后冷不防在榻沿上磕首哀求，求陛下答应，救我们母婴一命吧。

我哑然失言，侧脸躲开了蕙妃的目光。作为燮宫君王，我深知这是蕙妃一厢情愿的幻想，它违背宫廷礼仪，也超越了所有帝王的生活规范。即使我接受这个幻想，燮宫上下却不能接受。即使我答应了蕙妃也不一定能做到。于是我婉转地拒绝了蕙妃的请求。

蕙妃的啜泣变得更加哀怨而无休无止。我怎么劝慰也无法平定她的重创之心。我用手背替她拭去眼泪，但她的眼泪像喷泉一样涌流不息。我便也烦躁起来，猛地推开了那个悲恸无度的身体，走到彩屏外面站着。

让我移榻万万不行，让你迁来清修堂更要辱没燮宫英名，你假如还有其他请求我都可以赐准照办。

五彩画屏后面的啜泣戛然而止，然后传出一个绝望的切齿之声。奴婢还想请皇上替我出气，请皇上亲手惩治兰妃、菡妃和堇妃。假如皇上真的爱怜奴婢，也请皇上亲自问罪于彭王后，杖打一百，杖打二百，打死她们我才快乐。

我十分惊愕，不相信这样的切齿之声出自蕙妃之口。我又返身回去，看到了蕙妃悲极生恶的面容和炯炯发亮的眼睛，现在我不相信的是自己以往对妇人的简单判断。我无法想象五彩画屏后面那个妇人就是天真而温厚的蕙妃，不知是一年来的后宫生活改变了蕙妃，抑或是我的深宠果真宠坏了蕙妃？我在画屏外面沉默良久，不置一词地离开了鹂鸣阁。

社稷险恶，宫廷险恶，妇人之心更加险恶。走下鹂鸣阁的玉阶时我突然悲从中来，我对身后的宫监说，蕙妃尚且如此，燮国的灾难真的就要降临了。

我无意间重复了死去的老宫役孙信的谶语。宫监浑然不解其意，而我被自己的言语吓了一跳。

我没有替蕙妃出气而杖打其他后妃。但是蕙妃因怀胎而滋生的猜忌之心使我半信半疑，据修史文官暗自透露，各国宫廷中不乏骇人听闻的灭胎换子的先例，而我唯一适宜做的就是将蕙妃怀胎之事隐匿起来，并且责令太医和鹂鸣阁的太监宫女保守这个秘密。

事实证明我枉费心机，几天后我去菡妃的怡芳楼小憩，菡妃在竭尽温存之后突然凑到我耳边问，听说蕙妃已经怀胎，真有此事吗？

你听谁说的？我大吃一惊。

孟夫人告诉我和堇妃的。菡妃颇为自得地说。

孟夫人又是听谁说的？我追问道。

孟夫人还用听别人说吗？陛下都是她生养的。那天在牡丹园赏花,她一眼就看出来蕙妃已经怀胎。菌妃偷窥着我的表情,佯笑了一声,陛下为何这般紧张不安?蕙妃虽跟奴婢一样是个侧室,但这毕竟是宫中的大喜之事呀。

我推开菌妃缠在我肩上的手臂,扶栏望了望远处绿柳掩映的鹂鸣阁的琉璃红瓦,而阁上的病女是睡在深不可测的黑暗之中。我击栏长叹,似乎看见鹂鸣阁上蒸腾起一片不祥的刺眼的红光。

你们到底想把蕙妃怎么样?

陛下冤煞奴婢了。我与蕙妃井水不犯河水,能把她怎么样呢?菌妃伶牙俐齿地挡住我的直言诘问,红丝袖朝烟霞堂方向甩了甩,她说,奴婢担当不起,这话陛下应该去问王后娘娘才是。

我想既然连菌、董姐妹也知道了鹂鸣阁的消息,彭氏肯定早已知道。果然第二天彭氏就来清修堂恭贺蕙妃孕胎,她的强充笑容和悻悻语气让我深感痛心,我懒得向她作任何表白,只冷冷说了一句,既然万爪挠心,何不回烟霞堂痛哭一场?彭氏怔然片刻,嘴角复又露出一丝暧昧的笑意,她说,皇上小觑我了,我身为一国之后,怎会与一个侧妃争强斗胜?三宫六院中唯蕙妃先得龙胎,看来蕙妃真的福分非浅,我做姐姐的须好好照顾这位好妹妹了。

孕期的蕙妃犹如惊弓之鸟，她对宫女送来的每一份食物都有戒备，怀疑宫厨与后妃们沆瀣一气，投毒于粟米甜品之中，每一份食物必经宫女品尝过后才肯下箸入口。孕期的蕙妃花容美貌被一层层洗涤褪尽，气色憔悴，蛾眉秀目之间凝结着一分幽怨，几分苍凉。我每次到鹂鸣阁去与蕙妃面晤，看见的是一个单薄的纸人随风飘荡的景象，这很奇怪。我看见可怜的蕙妃随风飘荡，但我却无法遮挡鹂鸣阁上的八面来风。

蕙妃告诉我她把彭王后送来的食物悉数喂了狸猫，彭王后也知道此事，但她仍然每天差人送来各种花样的食物，遇及风雨天也不间断。

我不知道她葫芦里卖的什么药。蕙妃说着眼圈又红了，她知道我不会吃，为什么还要天天送来？一碗又一碗，一碟又一碟的，难道她指望会打动我的枯石心肠吗？

我看见那只狸猫伏在花栏上打盹，并没有丝毫中了蛊毒的迹象。妇人们的想法往往是千奇百怪扑朔迷离的，我无法排遣蕙妃锱铢必究的受害妄想，也无法猜透彭氏玩的是什么伎俩。

至于我只是一个被卷进脂粉漩涡的帝王。我在三宫六院间来去匆匆，龙冠金履溅上些许红粉香水，也会溅上污水浊渍，一切都很自然。

3

这年春天燮国南部的乡村田野遍遭蝗灾。蝗害像一场黑色风暴弥漫了南部的天空，几个昼夜内啄光了田园的每一根青苗。农人们面对灾后的田园大放悲声，诅咒上苍在青黄不接之际又降灾祸，他们在田陌里搜寻死去的蝗虫，埋怨人饿着肚腹虫子却因饱胀而死。愤怒而绝望的农人们在谷场上堆起一座座死蝗虫的小山，点火焚烧。据说蝗虫之火一直燃烧了两天两夜，那股腥臭的焦烟一直传至百里之外的邻国城镇。

宫中朝臣们谈蝗色变，深恐南部颗粒不收的灾情会导致秋后全国的饥馑和民心的动乱。在例行的朝觐中我满耳听到的是蝗、蝗、蝗，及至后来我浑身刺痒，似乎觉得满天蝗虫飞进了繁心殿。我在金銮龙椅上坐立不安，打断了丞相冯敖喋喋不休的奏言，不要再说蝗虫了。我说，群臣们能否议议旁的朝政大事？说什么都行，只要别说蝗虫。冯敖一时语塞，黯然退下。礼部尚书颜子卿又趋前递来一纸奏疏，他说，培县县令张恺在蝗灾中以身殉民，请陛下诏令嘉奖张恺家眷，以昭扬为父母官者的美德节操。我问，张恺如何以身殉民？是被蝗虫咬死的吗？颜子卿兴意盎然地禀告道，张县令不是被蝗虫咬死，而是吞食大量蝗虫而死，张县令那天亲领一班县吏去农田中扑虫救苗，因扑救无效而致迷狂，捉到的蝗虫悉数咽进了肚腹，在场百姓都被此举感动，涕泗交加。我听罢颜子卿的一番陈述，欲笑不能，只得含糊应允，我说，蝗虫吞食青苗，县令吞食蝗虫，天下之大无奇不有，可把我给弄糊涂了。

我真的糊涂了，培县县令大啖蝗虫的举动既荒唐又悲壮，不知作为一种美德节操来彰扬是否适宜，我在临朝听政的时候经常处于如此尴尬的局面，结果只好答非所问。

你们谁见过杂耍班的走索吗？我突然向冯、颜二臣提出这个问题。

他们明显是猝不及防，猜不透我的用意，正在张口结舌之际，猛听见燮心殿外一阵骚动，守殿的锦衣侍兵纷纷跑到殿外。原来侍兵们擒住了一个私闯王宫禁苑的人。我清晰地听见那个人粗哑而激越的南部口音。

滚开，让我去见燮王。

那天我怀着一分好奇心将闯入者传到殿前。侍兵们押来的是一个四十开外衣衫褴褛农夫打扮的汉子。那个汉子脸色焦黄，神情疲惫，但一双鹰目中闪烁着凛然大气的光芒，我注意到他衣衫上被鞭棍拷打的条状痕迹，裸露的脚趾间还残存着夹刑带来的淤血。

你是谁，胆敢私闯王宫朝殿？

农夫李义芝，冒死前来为民请命。请求皇上开恩，免去虫灾地区百姓的青苗税、人丁税、灌溉税。

百姓耕田纳税，天经地义，为何要给你们免税呢？

皇上明察，南方蝗灾所袭之处，青苗俱无，田园荒僻，何来青苗税？又何来灌溉税？至于人丁税更是苛刻无理，灾区百姓现在以野菜树叶为生，每天都有人饥寒而死，百姓处于水深火热之中，朝廷不问赈灾扶贫之事，反而课以人丁重税，税吏们天天登门逼讨，百姓们已经没有生路可求了。若皇上不能立刻做出免税之诏，南方必将民心大乱。

燮国已经够乱了，还能更乱吗？我打断李义芝的直谏，问道，你说还会乱到何种地步？

会有侠胆义士揭竿而起，反抗腐败的朝廷，也会有贪官污吏趁国难之际，欺上瞒下，中饱私囊，更会有素藏觊觎之心的外寇内贼在一缸浑水中摸鱼，以谋篡权易朝的狼子野心。

区区草民怎敢在我面前危言耸听？我笑了笑，喝令李义芝退下。我说，本来对私闯朝殿者是格杀勿论的，但我赏识你赴死一谏的勇气，饶你一命，回家好好种你的地吧。

李义芝领恩退殿时热泪盈眶，最后从怀中掏出一块布帕，打开了放在地上。布帕里是一只干瘪发黑的死蝗虫。对于它李义芝没作任何解释。朝臣们瞪大眼睛看着农人李义芝走下繁心殿，纷纷交头接耳起来。我听见的仍然是一片蝗、蝗、蝗的声音。

我以为李义芝将蒙恩归乡，殊不知就此放走的是日后的心腹之患，后来的结局对于我是一个莫大的讽刺。

四月，培、塌、蛤、涧四县的数千农人工匠在红泥河畔竖旗起义，旗号为祭天会。祭天会的队伍沿着红泥河向西进发，横贯南部三州八县，沿途招兵买马，很快壮大成一支逾万人的浩浩大军。

消息传到宫中，满宫为之震惊。在燮国的两百年历史上，百姓们一直以温驯安分著称，祭天会的突然暴乱使整个朝廷措手不及，陷入紧张而惶乱的气氛之中。

丞相冯敖告诉我，祭天会的首领就是那个曾私闯朝殿的农人李义芝。我想起那个黑脸汉子凛然的目光，想起他在繁心殿上惊世骇俗的言行举止，深悔自己做了一件放虎归山的蠢事。

暴乱是由蝗灾引起吗？我问冯敖。

是由蝗灾过后的税赋引起，暴民们大多是南部灾区人氏，对于朝廷重税素来抵触。现在李义芝就是以抗税赈灾的口号蛊惑人心。

这倒好办，既然他们不想纳税，我可以下诏免减南部的税赋。除了抗税，他们还想干什么？想起兵打进我的大燮宫吗？

抗税赈灾只是祭天会的幌子，李义芝在南部乡村素有侠胆义士的美名，野心勃勃，广交江湖三教九流之友，恐怕他图谋的是改朝换代之计，内乱较之外患，其危害有过之而无不及，陛下不可等闲视之。

对付这些暴民草寇，只有一个办法：杀。我说。

我吐出这个熟悉的字音，立刻感到一种奇异的晕眩，似乎重温了几年前那场热病的煎熬。更加不可思议的是我觉得整个繁心殿就此簌簌震颤起来，在一道模糊的红光中，我看见被斫杀的杨氏兄弟血肉模糊的身体，时而扑地静止，时而走动摇晃。杀。我恍恍惚惚地重复着，看见一阵大风卷起繁心殿的璎珞珠帘，杨栋的淡黄色的人皮飘浮而来，它围绕着金銮龙椅款款而飞，一次次掠过我的脸部，终于使我跳下龙椅，抱住了丞相冯敖的身体。

杀。杀。杀。我的双手在虚空中抓挠着，一遍遍对冯敖狂吼，杀了他，杀了他们。

陛下切莫急躁，容我再和两位老人商议。丞相冯敖不慌不忙地回答。冯敖的目光跟随我的手在虚空中游移追逐，但他看不见那张可怕的淡黄色的人皮，他什么也没看见。只有我会看见大燮宫中的幽灵鬼怪，别人通常是看不见的。

兵部侍郎郭象率军南伐，临行前向朝廷立下军令状，此次南伐志在必得，否则当以龙泉赐剑引咎自刎。郭象在朝中一直有骁勇善战之名，满朝文武对郭象南伐持有一致的乐观态度，孰料半月之后从南部传来了令人沮丧的消息，郭象兵败红泥河，官军伤亡惨重，死伤者的尸体被祭天会垒砌在红泥河两岸，筑成了一条人肉之坝。

据说祭天会在红泥河南岸诱敌深入，郭象求胜心切，令北岸船夫连夜赶制竹筏。黎明时分官军登筏渡河，不期所有竹筏都在河心松散分离，那些不习水性的北方兵卒坠入河中，争抢那些溯流而下的竹料，郭象之军的阵形已经溃乱不堪，南岸的李义芝带领百名弓箭手在岸边狂笑不止，百箭齐发之后红泥河上响起一片惨叫之声，满河浮尸向下游奔涌而去，大燮的黑豹旌旗湮没于浮尸血水之中。

郭象在混乱中泅回北岸，他策马跑往临河的渔村，追杀了几名制筏的船夫。从未遭遇的惨败使郭象丧失了理智，他提着三颗船夫的首级急驰回京，一路恸哭不止。第三天郭象蓬头垢面满身血污地出现在京城城门口，他把手中的三颗人头扔在壕沟里，然后跨下马走到守城的士卒面前。

你认识我吗？郭象说。

你是兵部侍郎郭大将军，你率兵去南部讨伐祭天会了。守城的士卒说。

是的，可我现在该引咎自刎了。郭象拔出龙泉赐剑时对士卒笑了笑，他说，我告诉你，你去告诉燮王，郭象既败，燮国的江山便朝夕难保了。

郭象的临终遗言在京城内外传得纷纷扬扬，激怒朝中无数文武官吏。在郭象兵败红泥河的几天里，每天都有人前往繁心殿请缨出征，那些大小官吏对李义芝和祭天会的藐视之心溢于言表，他们认为官军之败应完全归咎于郭象的莽撞渡河，一旦组织起一支通谙水性的精兵雄师，祭天会之患可在一月之内迅速剪除。

我觉得所有的请战奏疏都是一纸谎言，谎言后深藏着一些个人的私欲，晋爵升官或者一鸣惊人。所有的请战奏疏都显得浮夸而不切实际，这种怀疑导致我在物色南伐将帅时的犹豫不决。病榻上的老祖母皇甫夫人对此深怀不满，她似乎害怕李义芝的祭天会有一天会闯进她的锦绣堂给她送终。后来皇甫夫人亲自钦定了南伐将帅的人选，已经镇守西北边界多年的骠骑大将军端文被急召回宫。

　　我不能更改皇甫夫人做出的决定，再说我也无力寻找比端文更合适的人选。我的那位同父异母的兄弟，我的那位同根不同心的仇敌，放逐多年后再回燮宫不知会是什么样的心境？

　　端文归期将至，我心绪如麻。每每回忆起那张阴郁而冷峻的脸，心中便坠了一种异样的重物。那段时间伶牙俐齿善解人意的菡妃受到了我的宠幸，她在绣枕锦被间敏锐地察觉到我的情绪，再三诱问其中的缘由。我不想对菡妃倾诉太多，只用一句戏言搪塞过去。

　　有一匹狼快回来咬人了。我说。

　　堂堂大燮君王还怕狼吗？菡妃掩嘴而笑，她斜睨着我，眼光妩媚而充满试探意味，我听孟夫人说王兄端文近日要回宫，假如端文就是一匹狼，放他到暴民草寇中去冲锋陷阵，此去非死即伤，皇上不就可以一举两得了吗？

　　胡说，我讨厌你们妇人的自作聪明，我不快地打断了菡妃的话语，我说，天知道以后会怎么样，凡事人算不如天算，端文非庸常鼠辈，南伐祭天会有八成把握。我不希望他死，即使死也必须等他凯旋回朝以后。

其实我已经向菡妃吐露了心迹，我努力地寻找着一种打狼的方法。作为一个幼年登基的帝王，我对许多国政宫仪的了解显得粗陋无知，唯有识别野心和阴谋方面，我有帝王生涯中不可或缺的敏感和忧虑。我认定端文是一匹狼，而一匹受伤的狼将变得更其凶恶。

怡芳楼里的良宵美景在夜漏声中化为一片虚静，一切都酷似纸扎的风景。我听见了风声，听见宫墙上的青草随风战栗，突然想起多年前僧人觉空说过的话，他说你千万别以为大燮宫永恒而坚固，八面来风在顷刻之间可以把它卷成满天碎片，他说假如有一天你登基为王，有一天你拥有满宫佳丽和万千钱财，必然也会有那么一天，你发现自己空空荡荡，像一片树叶在风中飘荡。

光裕大将军端文抵达京城时有人在城楼上点放爆竹，乐师们列队击鼓奏乐，竭尽欢迎英雄归国的礼仪。这些无疑都是平亲王端武操办的。端武从车辇上跳下来，一只脚穿着丝屐，另一只脚光裸着，他一路呼号着朝他的同胞兄弟奔去。端文兄弟在城门口抱头痛哭的情景使一些人唏嘘良久，也使我深感怅惘和失落。

端文不是我的兄弟，我只有臣民，从来没有兄弟。

我没有按照皇甫夫人的旨意向端文授予军印,而是听从了总管太监燕郎的策划,安排了另一场欢迎端文的仪式。仪式的内容是比剑授印。执剑双方是端文和多次请缨南伐的参军张直。我相信燕郎的策划完全顺应了我复杂难言的心境,对于端文是一种警示和威慑,也是一种合理的打击,对于我来说,不管谁胜谁负,都是一场天衣无缝的竞斗游戏。

早晨在约定的后花园里我看见了端文。北疆的风沙吹黑了他苍白的脸颊,也使他瘦削单薄的身体粗壮了许多。端文遵旨携剑而来,他的头脑简单而风流成性的兄弟平亲王端武紧跟其后,一群侍兵则牵马肃立在树林前。我发现久违不见的端文脸上凝聚着一股神秘悠远的气韵,举手投足更加酷肖已故的父王。

我回来了,聆听陛下的一切旨意。端文昂首趋前,在我前方三尺之距的草地上跪下。我注意到他膝部的动作显得很僵硬。

知道召你回宫干什么吗?我说。

知道。端文仰起脸注视着我,他说,只是不知道陛下为何出尔反尔,既将南伐重任降于端文肩上,为何又要与张参军比剑授印?

原因很简单。你是一个凡人,要想建功立业谋取天子帝位必须经过每一道关口,与张参军比剑授印只是第一道关口。我沉吟片刻后回答了端文的诘问,然后我从身后唤出了以高超剑术闻名于军帐的参军张直。此番剑刃相接,以生死定夺胜负,胜者为南伐三军总辖,负者为坟茔幽魂,假如谁不能接受,可以立刻退出。

我不退,我接受生死盟约。参军张直说。

我更不会退。端文狭长的双眼掠过那道熟悉的冷光,他朝花园四周短促地环顾了一圈,脸上露出某种轻侮的微笑。我千里迢迢应诏回宫,就是为了一求生死。端文说着和他的兄弟端武相视一笑,他说,万一我死于张参军的剑下,端武会给我收尸,一切都准备好啦。

平亲王端武坐在石凳上,他的装束总是像一个梨园伶人一样媚俗而古怪。状元红的凤袍,船形裘帽和镶金腰带,足蹬一双厚底皂靴。我看见他总会想起宫中那些不宜启齿的狎昵之事,心里厌恶之至。端武的嘴里低声嘀咕着什么,我猜他是在诅咒我,但我不屑于和这个废物计较。

后来我亲眼目击了一场精彩绝伦的宫廷杀戮。花园里鸦雀无声,唯有厮杀双方的喘息和剑刃相撞时的琅琅一响,刀光剑影使整个后花园清新的空气变得凝重而干燥,许多人的脸上泛出莫名的红晕。端文和张直现在正围绕着一棵大柏树互相突刺，可以看出端文的剑法师承了宫廷武士的白猿剑，步法轻盈从容，出剑精确而有力，而参军张直施用了江湖上流行的梅花剑，风格凶猛而快捷，在张直梅花落瓣似的刺击下，端文手中的盾牌发出连续的刺耳的震颤声。我看见端文且退且挡，跳上了那口用黄布苫盖的棺木，张直随后也一跃而上。这时我意识到比剑授印的游戏已接近尾声，有一个人已经踩到了坟墓的边缘。

端文利用张直乍上棺木露出的破绽，突施一剑直刺张直的喉管。我听见端文的那声呐喊振聋发聩，掩盖了剑刺穿透皮肉的轻微的钝响。参军张直应声倒在棺木上，颓萎的头部耷拉在棺壁外侧，他的眼睛惊愕地望着花园的天空，血从喉管处涌泉般地溅上黄苫布，然后滴落在草地上。树林那边响起端武和北方士兵的欢呼，这场游戏真的以端文获胜宣告结束了。

草地上的那摊黑血使我感到晕眩，我侧转身望着司礼监。司礼监将手中的铜盒高高地举起来朝端文走去，他将把那枚黑豹军印授予端文。现在我不得不相信端文是南伐祭天会的唯一人选了，一切都是天意，我可以主宰臣民的生杀却无力违天意。

一场生死厮杀结束，后花园的晨雾也袅袅地散尽，春日的阳光淡淡地照耀着满园花草和草地上的棺木。宫役们揭开了棺木上的黄苫布，将参军张直的尸体小心地安放进棺。我看见满脸血污的端文走过去，伸手在张直睁大的双眼上抹了一把。闭上眼睛吧，端文的声音听上去非常疲惫和哀伤，他说，自古以来英雄都是屈死的冤魂，许多人做了阴谋和政治的祭品，这种死亡一点也不奇怪。

有个侍兵在草地上拾起一块汗巾，他把汗巾呈奉给我，说是格斗时从张参军腰间掉落的。汗巾上绣着一只黑鹰的图案和张直的名字。侍兵问我是否作为遗物把汗巾交给张直的家属。不必了，我说，你把它扔掉吧。侍兵的双手茫然地停在空中，手指颤动起来，然后我看见张直的汗巾像一只死鸟跌落在草地上。

农历三月九日端文率军出征，其声势浩浩荡荡。年迈多病的皇甫夫人亲自在京城城门前为端文送行，以后在燮国上下一时传为佳话。百姓们都见到了端文以血泼溅黑豹旌旗的壮举，他割开自己的左手手腕，将血泼溅在大燮的黑豹旗上，据说我的老祖母皇甫夫人当时老泪纵横，而远处围观的百姓也发出一片唏嘘感叹之声，有人向端文高呼将军万岁的口号。

那天我在高高的城楼上俯瞰着下面发生的事，始终沉默不语。我似乎预见了端文的血蕴含着更深刻的内容，更疯狂更博大的野心，因此我有一种难言的不适之感，我头痛欲裂，虚汗洇湿了内衣，在曲柄黄盖下坐立不安。当号兵列队吹响出征号角时我从座驾上跳了起来，起驾回宫。我听见我的声音凄然如泣。我觉得我真的快哭出来了。

4

　　宫廷里的春天日渐单薄，清修堂外的桧柏树上响起了最初的蝉鸣。南部的战场上官寇双方僵持不下，人马死伤无数，却依然没有偃旗息鼓的迹象，我的大燮宫里一派春暮残景，歌舞升平，在胭脂红粉和落花新荷的香气中，一如既往地飘浮着另一种战争硝烟，那是妇人们之间无始无终的后宫之战。

　　从鹂鸣阁传来一个令人震惊的消息，说怀孕多月的蕙妃在夜间突然流产，产下的是一只皮毛雪白的死狐。前来传讯的小宫监结结巴巴说了半天，我才弄清他的意思。我怒不可遏地扇了小宫监一记耳光。谁让你来胡言乱语？好好的怎么会流产？人又怎么会生出狐狸来？小宫监不敢声辩，只是指着鹂鸣阁方向说，奴才什么也不知道，是太后娘娘和王后娘娘请陛下前去察看。

　　我匆忙来到鹂鸣阁，看见孟夫人和后妃们都坐在前厅里窃窃私语，每个人表情各异，目光都急切地投到我的身上。我不置一词地朝楼上走去,孟夫人在后面喊住了我。别上楼,小心灾气。孟夫人说着让一个宫女去取那只死狐,她的语气显得沉痛而惊惶,陛下亲眼看看吧,看看就知道蕙妃是什么样的妖魅了。

宫女战战兢兢打开一只布包,映入眼帘的果然是一只幼小的沾着血丝的白狐,死狐的皮毛上散发着一种难以忍受的腥臭。我不由得倒退了一步,惊出一身冷汗。前厅里的后妃们则尖叫起来,并且都用衣袖掩住了鼻口。

何以证明死狐是蕙妃所产?我镇定下来后问孟夫人。

三个守夜宫女,还有太医孙廷楣都是旁证。孟夫人说,陛下如果不信,可以立刻传孙太医和三名宫女来查证。

我觉得此事蹊跷,一时却不知如何处置,从眼角的余光中可以瞥见讨厌的彭王后,她盛装装扮坐在嫔妃群中,正用竹签挑起果盘里的一颗樱桃,从容优雅地往嘴里送,我从她的脸上窥出了某种可疑的阴影。

可怜的蕙妃。我叹了口气,径自朝楼上走。我没有理睬孟夫人的阻止。走到楼上发现廊柱间已经拉起黄布条,这是宫中禁地常见的封条。我把封条扯掉朝下面的后妃们扔去,然后急切地走进了蕙妃的卧房。在掀开那块锦缎帷幔的瞬间我突然想起蕙妃已经被我冷落多时了,我闻到熟悉的幽兰清香,看见蕙妃忧虑哀愁的眼眸仿佛流星从鹂鸣阁上空一曳而过，蕙妃从前虚妄的愁虑现在真的应验了。

绣榻上的蕙妃气息奄奄，她好像处于昏迷之中，但当我靠近她时我看见她的一只手慢慢地抬起来，它在空中摸索着，最后拉住了我的腰带。我俯下身去，看见昔日丰腴美貌的品州女孩已像一段朽木枯枝，她的脸部在午后的光线中迸射出冰冷的白光。我轻轻抚摸了蕙妃唯一不变的青黛色的眉峰，对于她这是一股神奇的力量，我看见她的双眼在我的手下慢慢地睁开，几滴泪水像珍珠般嵌在我的指缝之间。

我要死了，她们串通一起陷害我。她们说我产下的是一只白狐。蕙妃的手紧紧抓着我的龙凤带，我惊疑于这份非凡的力气。她的空洞无神的眼睛充满乞求地凝视着我，陛下，看在昔日的情分上，帮帮我吧。我早知道她们不会放过我，可我没想到她们的手段如此卑鄙毒辣，老天，她们竟然说我产下的是一只白狐，一只白狐。

她们是这样说的。我不相信。我会把孙太医和宫女传来质询，事情会弄个水落石出。

陛下不用费心了，孙太医和那些宫女早被彭王后买通，他们都是趋炎附势的无耻小人。蕙妃突然大声哭泣起来，边哭边说，他们蓄谋已久，我防不胜防，我怎么小心都没有用，结果还是掉进了他们的陷阱。

那天夜里你看见流胎了吗？

没有。宫女说蜡烛不见了，宫灯也找不到了。四周一片漆黑，我在榻上只摸到一摊血，晕了好长时间，等醒过来蜡烛已经点上，孙太医也来了，他说我流失的是狐胎。我知道他在撒谎，我知道彭王后她们已经撒开了罗网。蕙妃已经哭成个泪人，她挣扎着从绣榻上爬下来，跪在地上抱住我的腿，奴婢难逃劫数，再也洗不清枉加之罪了，只求陛下明察秋毫，给我指一条生路吧。蕙妃仰起泪脸，她的失血的嘴唇像一条鱼，自下而上喙着我的衮龙锦袍，发出一种凄怆的飒飒之声，蕙妃就此止住了哭泣，双眸突然放出近乎悲壮的光亮，她最后说，陛下，至高无上的大燮王，告诉我，我是生还是死？我真的应该去死吗？假如我必须去死，求陛下现在就赐我白绫吧。

我抱住蕙妃冰凉的瘦弱的身体，心情悲凉如水。春天以来这个天仙般的品州女孩一天天地离我远去，现在我看见那只无形的毒手已经把她推向陵墓。我不知道为什么无法拉住可怜的蕙妃，在她向我哀声求援的时候，我不知道是什么东西束缚了我的双手。我含泪安慰了蕙妃，却没有做出一个帝王的许诺。

我曾将总管太监燕郎隐秘地召来清修堂，向他求教处置蕙妃的方法。燕郎对这件事似乎已有谋算，他直言问我对蕙妃是否仍留爱怜之意，我作了肯定的回答。他又问我是想让她死还是活下去，我说我当然想让她活下去。那就行了，燕郎颔首微笑道，我可以把蕙妃送到宫外，送到一个人鬼不知的地方去度过残生，对老夫人和其他后妃就说蕙妃已被陛下赐死，尸首也被漂送出宫。

你准备让她藏在何处？我问燕郎。

连州城外的庵堂，我的姑母在那里做住持。那地方山高林密，人迹罕至，谁也不会知道她的下落。

让蕙妃削发为尼？我惊讶地叫起来，你让堂堂的燮宫贵妃去做一个尼姑？难道没有更好的办法了吗？

蕙妃已经今非昔比，要想苟且偷生只能离宫而去，而离宫后有家不能还，有郎不可嫁，只有削发为尼这条路可走了，请陛下斟酌三思。

我听见堂前的桧柏上有蝉虫突然鸣唱了几声，眼前再次浮现出一个美丽单薄的纸人儿随风飘浮的幻景，那就是我的可怜的心比天高命比纸薄的蕙妃，她的余生看来只能去陪伴庵堂的孤窗寒灯了。

就按你说的办吧。最后我对燕郎说道。这是天意，也许蕙妃是误入宫门，也许她生来就是做尼姑的命，我没有办法了，我是至高无上的燮王，但我还能有什么办法？

一个叫作珍儿的面目酷肖蕙妃的小宫女作了蕙妃的替身,事先燕郎设法让珍儿服下了大剂的蒙汗药使她昏睡不醒,那个小宫女被塞进黄布袋里时还轻轻地吹着鼾声。蕙妃娘娘漂送出宫。刑监响亮的喊声在御河边回荡,河边肃立的人群和水上漂流的黄布袋构成了宫廷黎明的风景。

也就是这个暮春的黎明,蕙妃乔装成宫监坐在购物马车上混出光燮门,重返外面的平易世界。据送她出宫的燕郎描述,蕙妃一路上默默无语,他找了许多话题,但蕙妃充耳不闻,她的眼睛始终仰望着游移的天空。

我馈赠给蕙妃的金银首饰被燕郎原封不动地带回宫中,燕郎说蕙妃不肯接受这些馈赠,她对燕郎说,我是去庵堂做尼姑,要这些物品有什么用?什么也用不着了。

说的也是,她确实不需要这些物品了。我想了想,又问燕郎,她真的什么也没带走吗?

带走了一个泥金妆盒,里面装着一沓诗笺,别的什么也没带,我猜诗笺是陛下以前为她写的,她一直收藏着。

诗笺?我突然想起蕙妃被囚无梁殿的那段鸿雁传情的日子,不免为之动容,长叹一声道,难为了这个多情苦命的女子。

蕙妃离宫的那天我心情抑郁，独自徜徉于花径之上。花解人意，沿途的暖风薰香饱含着伤情感怀之意。我边走边吟，遂成《念奴娇》一首，以兹纪念我和蕙妃的短暂而热烈的欢情恩爱。我信步走到御河边，倚栏西望，宫内绿荫森森，枝头的桃李刚谢，地边的牡丹芍药依然姹紫嫣红，故地故人，那个曾在御河边仿鸟而奔的女孩如今已离我远去。我奇怪地发现昨日往事已成过眼烟云，留下的竟然只是一些破碎的挽歌式的词句。

我看见有人坐在秋千架上，是彭王后和兰妃，几个宫女在柳树下垂手而立。我走过去的时候彭王后迅疾地荡了几个来回，然后她跳下秋千架，驱走了旁边的宫女，她说，你们回去吧，我和兰妃陪陛下玩一会儿。

我不要谁陪我，我用一种冷淡的口气说，你们玩吧，我想看你们荡秋千，看你们荡得有多高。

陛下愁眉不展，想必是在为蕙妃伤心。难道陛下不知道蕙妃没死，漂送出宫的是小宫女珍儿？彭王后站在秋千架边，用腕上的金镯轻轻碰击着秋千架的铁索，她的嘴角浮现出一丝狡黠的微笑。

你什么都知道，可惜你知道的事情都是荒唐无聊。

其实我们也不见得非置她于死地，她既是狐妖转世，自然该回到野山荒地里去。只要把她清扫出宫,宫中的邪气也就斩除了,我们也就安心了。彭王后侧脸望着一边的兰妃,向她挤了挤眼睛说,兰贵妃你说呢?

王后娘娘的话千真万确。兰妃说。

你怎么老是像个应声虫?我迁怒于兰妃,抢白她道,你空有雍容端丽的容貌,腹中其实塞满了稻草,什么真伪黑白你永远分不清楚。

说完我拂袖而去,留下两个妇人木然地站在秋千架下。走出几步远我撩开柳枝回眸望去,两个妇人低声地说着什么,不时地掩嘴窃笑。然后我看见她们一先一后坐到秋千架上,齐心合力将秋千架朝高处荡起来,她们的裙裾衣带迎风飘舞,珠玑玉佩丁冬鸣唱,看上去那么快乐那么闲适。我觉得她们愈荡愈高,身影渐渐变薄变脆,我觉得她们同样也是两片纸人儿。终有一天会被大风卷往某个遥远而陌生的地方。

从南部战场传来的消息令人时忧时喜,端文的军队已经将李义芝的祭天会逼到红泥河以东八十里的山谷,祭天会弹尽粮绝,剩余的人马一部分固守山寨,另一部分则越过笔架山流散到峪、塔两县的丛林中。

端文俘获了李义芝的妻子蔡氏和一双儿女,他将他们置于火圈之中，在山下敲响诱降的木鼓，希望山上的李义芝会下山营救。这次诱降的结果出乎所有人的预料，蔡氏和两个孩子突然被一阵箭雨射中，当场死在火圈内侧。在场的官兵都大惊失色，循着箭矢的方向望去，看见一个披麻戴孝的人骑着白马，一手持弓，一手掩面，从茂密的树林里奔驰而过。

他们告诉我那个人就是祭天会的首领李义芝。

我已经想不起曾私闯朝殿的李义芝的相貌和声音了，在清修堂的午后小憩中有时候我会看见他，一个满腔忧愤的背影，一双沾满泥尘的草履，那双草履会走动，滞重地踩踏着我的御榻，那个背影却像水渍一样变幻不定，它是农人李义芝的，也是参军杨松兄弟的，更像是我的异母兄弟端文的背影。它真的像水渍一样充溢了清修堂的每个角落，使我在困顿的假寐中惊醒。

宫墙里的午后时光漫长而寂寥，我偶尔经过尘封的库房，看见儿时玩过的蟋蟀罐整整齐齐地堆放在窗下，深感幼稚无知其实是一种最大的幸福了。

伶人行刺的事发生在众目睽睽之下。那天进宫献戏的是一个名噪京城的戏班，其中的几个男旦深讨宫中女眷的欢心。我记得我坐在花亭里,左侧是孟夫人和蕙、菡二妃,右侧是彭王后和兰妃,她们观戏时如痴如醉的表情和词不达意的评价使人觉得很可笑。台上的戏缠绵凄恻地唱到一半,我注意到那个男旦小凤珠朝襟下摸出一把短剑,边唱边舞,听戏的宫眷哗然,都觉得这出戏文编得奇怪。几乎在我幡然醒悟到行刺迹象的同时,小凤珠跳下戏台,高举那柄短剑向我冲来。

在后妃们疯狂的尖叫声中,锦衣侍卫拥上去擒住了小凤珠。我看见那个男旦的脸被脂粉覆盖得无从辨别,嘴唇像枫叶一般鲜红妩媚,唯有双眸迸射出男人的疯狂的光芒,我知道这种目光只属于刺客或者敌人。

杀了你昏庸荒淫的声色皇帝,换一片国强民安的清朗世界。这是小凤珠被拖出花园时的即兴唱腔,他的嗓音听上去异常高亢和悲怆。

一场虚惊带来了连续数日的病恙,我觉得浑身乏力,不思饮食。太医前来诊病被挡在清修堂外,我知道我是受了惊,不需要那种可有可无的药方。可我始终不知道一个弱不禁风的伶人为何会向我行刺。

三天后小凤珠被斩于京城外的刑场,围观的百姓人山人海,他们发现小凤珠的脸上还残存着红白粉妆,戏装也没有来得及卸下,熟悉梨园风景的人们无法将小凤珠和绞架下的死犯联系起来，他们普遍猜度这次事件后面深藏着某种黑幕背景。

我对伶人小凤珠充当刺客也有过各种揣测。我曾怀疑过幕后的指使者是端文端武兄弟，怀疑过安亲王端轩和丰亲王端明，怀疑小凤珠是暗藏的祭天会同党，甚至怀疑是邻近的彭国或孟国安排了这次行刺。但是刑部大堂对小凤珠的审讯毫无结果，小凤珠在大堂上眼噙热泪，张大了嘴似唱非唱，似说未说，丧失了原先亮丽高昂的声音，刑吏们发现他的舌头不知何时被连根剪除了，是自残还是他伤一时无法查清。刑部白白忙碌了三天，最后将小凤珠暴尸示众了结了此案。

伶人行刺案后来被修史者有意渲染入册，成为燮国历史上著名的宫廷疑案。奇怪的是所有的记载都在为一代名伶小凤珠树碑讴歌，而我作为一个行刺的目标，作为燮国的第六代帝王，却被修史者的目光所忽略了。

到了五月石榴花开的时候，我的祖母皇甫夫人一病不起，像一盏无油之灯在锦绣堂忽明忽灭，浓烈的香料已经无从遮盖她身上垂死的酸气，太医私下里向我透露，老夫人挨不到夏天来临了。

皇甫夫人在弥留之际多次把我叫到锦绣堂陪她说话，听她对自己宫中一生的回忆。她的回忆繁琐而单调，声音含糊而衰弱，但她的脸庞因为这次回忆而激起了红晕，我十五岁进宫门，几十年来只出过两次光燮门，都是给亡故的燮王送殡，我知道第三次出宫还是往铜尺山下的王陵走，该轮到我了。皇甫夫人说。你知道吗，我年轻时候并不是天姿国色，但我每天用菊花和鹿茸揉成水汁来洗濯下身，我就是用这个秘方拢住了燮王的心。皇甫夫人说，有时候我想改国号为皇甫，有时候我想把你们这些王子王孙都送进陵墓，但我的心又是那么善良慈爱，下不了那个毒手。皇甫夫人说着，干枯萎缩的身体在狐皮下蠕动了一下，我听见她放了一个屁；然后她挥了挥手，恶声恶气地说，你滚吧，我知道你们心里都盼着我早一点死。

我确实无法忍受这个讨厌的老妇人的最后挣扎，她用那种衰弱而恶声恶气的语调说话时，我默默地念数，一，二，三，一直念到五十七，我希望念到她的寿限时看见她闭上那两片苍老的发紫的嘴唇，但是她的嘴唇依然不停地翕动，她的回忆或者说是絮叨无休无止，我不得不相信这种昏聩可笑的状态将延续到她躺进棺椁后才能结束。

眼看五月将尽，老妇人生命的余光渐渐黯淡，锦绣堂的宫监侍女听见她在昏睡中呼唤端文的名字。我猜她是想等到南伐胜利之日撒手归西。

端文生擒李义芝的消息在一天早晨传入大燮宫，报讯的快马同时带来了李义芝的红盔缨和一撮断发。喜讯似乎是如期而至，皇甫夫人出现了回光返照的征兆。那天巨大的鸾凤楠棺终于抬到锦绣堂外，锦绣堂内人群肃立，笼鸟噤声，到处笼罩着一片居心叵测的类似于节日的气氛。

起初守候在榻前的还有孟夫人、彭王后、端轩、端明和端武数人，但皇甫夫人让他们逐一退出去了，最后只留下我独自面对气息奄奄的老妇人，老妇人用一种奇怪的感伤的目光久久注视我，我记得当时手脚发冷，似乎预感到了后面发生的事。你是燮王吗？皇甫夫人的手缓缓地抬起来，摩挲着我的前额和面颊，那种触觉就像冬天的风沙漫过我的周身血液，然后我看见她的手缩回去，开始拉扯她腰间的那只香袋。这香袋我随身佩戴了八年，她微笑着说，现在该把它交给你了，你把香袋剪开，看看里面装的是什么东西？

我剪开那只神秘的香袋，发现里面没有填塞任何香料，只是一页被多层折叠的薄纸。就这样我见到了先王诏立天子的另一种版本，白纸黑字记载着先王的另一种遗嘱，长子端文为燮国继位的君王。

你不是真正的燮王，是我把你变成了燮王。老妇人说。

我捧着那封遗诏目瞪口呆，我觉得整个身体像一块投井之石急遽地坠落。

我不喜欢端文,也不喜欢你。这只是我跟你们男人开的一个玩笑。我制造了一个假燮王,也只是为了以后更好地控制你。老妇人枯槁的脸上露出粲然一笑,最后她说,我主宰燮国八年,我活了五十七岁,这辈子也够本了。

可这到底是什么?为什么你不把这些阴谋和罪恶带进坟墓,为什么还要告诉我?愤怒和悲怆突然充溢了我的胸中,我用力摇晃着床榻上的老妇人的身体,但这回她真的死了,她对我的忤逆之举不再理会。我听见了酽痰在她胸内滑落的声音。我想笑,最后爆发的却是不可抑制的痛哭声。

老夫人薨了。随着宫监的报丧声传出珠帘,锦绣堂内外响起潮水般的杂音。我将一颗夜明珠塞进死去的老妇人的嘴中,死人的腭部鼓起来又凹陷下去,这样她的遗容看上去更像是一种讥讽的冷笑。在他们拥向灵床之前我匆匆朝死者脸上吐了一口唾沫,我意识到这种举动不应该是帝王所为,但我确实这么做了,就像妇人们常做的那样。

八年以后再赴王陵,铜尺山南麓的青松翠柏已给我恍若隔世的感觉。在皇甫夫人盛大繁冗的葬礼上,我看见有一种罕见的灰雀,它们对人和鼓乐声毫不惧怕,异常从容地栖落在附近的墓碑和坟茔之上,观察这场空前绝后的白色葬礼,我怀疑那些灰雀是皇甫夫人的幽魂的替身。

穿丧服的人群白茫茫的一片，覆盖了青草萋萋的坡地。陪葬的小红棺计有九口之多，这个数字超过八年前父王的陪葬数目，也是那位老妇人给后代留下的最后一次威慑，最后一次炫耀，我知道红棺中的九位宫女都是自愿殉葬的，她们对皇甫夫人生死相随，在皇甫夫人薨逝的当天夜里，九位宫女手捧金丸，争先恐后地爬进了九口小红棺。她们将在黄泉路上继续伺候那位伟大的妇人。

铜鼓敲击了九十九下，皇亲国戚朝廷要员一齐高声恸哭起来。响彻云霄的声韵芜杂的哭丧听上去很可笑，那是一群经过伪装的各怀鬼胎的人。我分辨得出哪种哭嚎是欢呼，哪种悲恸是怨恨，哪种抽泣其实是嗟叹和嫉妒，我只是无心戳穿这个亘古流传的骗局而已。

我依稀重温了八年前类似的场景，看见杨夫人的幻影悄然出现在王陵左侧的墓茔上，她带着满腔遗恨朝众人挥舞一纸诏书，我再次听见了一个梦魇般的声音，你不是燮王，真正的燮王是长子端文。然后我发现墓茔上的灰雀群突然飞起，它们排成一种奇异的矩形向天空飞去。

逃遁的雀群受到另外一群奔丧者的惊吓，那群人战袍在身，盔甲未卸，在马背上匆忙地裹上丧巾和白绸。他们夹来一股血腥和汗垢的气味，也使先行而至的人群爆发出一片惊呼声。

谁也没想到端文昼夜急驰千里，赶上了皇甫夫人的葬礼。我看见骑坐于红鬃马上的端文，他的苍白而疲惫的脸沐浴着早晨最后的霞光，黑豹旌旗和丧幡一起在他的头顶猎猎飞舞，端文，长王子端文，光禄大将军端文，南伐三军总督端文，我的异母兄弟，我的与生俱来的仇人，如今他又站在我的面前了。我记得当时的第一个奇怪的闪念，为什么偏偏是端文的马蹄声惊飞了那群大胆的幽灵般的灰雀？这也是我向得胜回朝的英雄提出的唯一的问题。我指着西边天空对端文说，你是谁？你把那群灰雀吓飞了。

5

笔架山下的最后一场鏖战导致了祭天会的彻底溃败。官兵们踏着遍野横尸，将黑豹旌旗插上山顶。在后山腰隐蔽的古栈道上，他们前后夹击，擒获了弃弓而逃的祭天会首领李义芝。

李义芝被秘密地押解赴京，投进刑部私设的水牢之中。对李义芝的三堂会审徒劳无益，他始终坚持祭天会赈世济民的理论，矢口否认他是一个山野草寇。审讯的官吏经过一番商议，认定国刑施于李义芝身上只是皮毛之苦，他们拟出几种从未用过的极刑，对李义芝进行了最后一次拷问。我的总管太监燕郎作为宫中特使参与了这次拷问，后来是燕郎向我描述了那几种空前绝后的极刑过程。

第一种叫作猢狲倒脱衣。燕郎说是一张铁皮，做成一个桶子，里面钉着密密麻麻的针锋。他们将铁皮桶裹在李义芝身上，两名刑卒一个按住铁桶，一个拖着李义芝的发髻从桶中倒拉出来。燕郎说他听见李义芝一声狂叫，光裸的皮肉被针锋划得一丝丝地绽开,血流如注。旁边一个刑卒端了一碗盐卤慢慢地洒在他血肉模糊的身上。燕郎说那疼痛肯定是钻心刺骨,因为他听见李义芝发出又一声狂叫,然后就昏死过去了。

第二种叫作仙人驾雾,它与前一种刑罚配合得天衣无缝,使李义芝在短时间内苏醒过来,尝受另外一种痛苦。刑卒们将李义芝倒悬在一口煮沸的水锅上面,陛下你猜猜锅里盛着什么?燕郎突然笑起来说,是满满一锅醋,也亏他们想得出来。锅盖一揭,又酸又辣的热气直往李义芝脸上喷,他醒过来,那样子却比昏死时更难受百倍。

接下来就是茄刨子了。燕郎说,茄刨子最简单干脆;他们把李义芝从梁上放下来,两个刑卒分开他的腿,把一口锋利无比的小刀直刺进李义芝的后庭。燕郎停顿了一会,用一种暧昧的语气说,可叹一条粗粗壮壮的英雄好汉,也让他尝了尝粉面相公的苦楚。

燕郎说到这里突然噤声不语,表情显得有些尴尬,我猜他是述景生悲,想起了某些往昔的隐痛。我催促他道,说下去,我正听得有趣呢。

陛下真的还想听吗?燕郎恢复了常态,他的目光试试探探地望着我,陛下不觉得这些极刑过于残酷无情吗?

什么残酷无情?我呵斥燕郎说,对于一个草莽贼寇难道还要讲究礼仪道德吗？你说下去，他们还想出了什么有趣的刑罚？

还有一种叫作披蓑衣。是把青铅融化了，和滚油一齐洒在背肩上。燕郎说，我看着李义芝的皮肉一点点地灼碎，血珠与滚油凝在一起朝四面淌开，李义芝的身上真的像披了一袭大红蓑衣，真的像极了。

最触目惊心的是第五种极刑，名字也是很好听的，叫作挂绣球。他们事先令铁工专门打了一把小刺刀，刀上有四五个倒生的小钩子，刺进去是顺的，等到抽出来时，李义芝的皮肉把那些小钩子挡住了，刑卒使劲一拉，筋肉都飞溅出来，活活地做了一些鲜红的肉圆子。

我看到第五种就告辞了，听说他们对李义芝用了十一种极刑，还有什么掮葫芦、飞蜻蜓、割靴子，我没有亲眼目睹，不敢向陛下禀告。燕郎说。

你为什么中途退堂，为什么不把十一种极刑看完呢？

挂绣球的时候，有一颗肉圆子无端地飞到我的脸上，奴才受惊匪浅，实在不忍再看了。奴才知罪，下次再逢极刑，一定悉数观毕以禀告陛下。

早知这么有趣，我倒会起驾亲往观刑了。我半真半假地说。这时候我意识到我对李义芝受刑之事表现出一种反常的兴趣，它让我回忆起少年时代在冷宫黜妃身上犯下的相似的罪孽，而我惧怕血腥杀戮已有多年，我想这种天性的回归与我的心情和处境有关。然后我闭上眼睛想象了剩余的六种极刑，似乎闻见李义芝的血气弥漫在清修堂上，我感到有点晕眩，我恨这种无能的妇人般的晕眩症。

李义芝真的死不认罪吗？他熬过了十一种极刑，真的连一句话也没说吗？最后我问燕郎。

说过一句话。燕郎迟疑了一会儿，轻声回答道，他说酷刑至此，人不如兽，燮国的末日就要到了。

巧合的是李义芝的咒语与死去多年的疯子孙信如出一辙，令我悚然心惊。

端文在京半月有余，寄宿在他的兄弟平亲王端武的府邸中。我派出的密探回来禀告说，平亲王府的大门檐上挑起了谢绝会客的蓝灯笼，但登门贺功的王公贵族和朝中官吏仍然络绎不绝，密探呈送的一份名单上记录了所有重要人物的姓名，其中包括安亲王端轩，丰亲王端明，西北王达渔，礼部尚书杜文及，吏部尚书姚山、邹伯亮，兵部侍郎刘韬，御史文骐、张洪显等数十人，而我在即位那年册封的翰林六学士则尽在其中。

他们想干什么？我指着那份名单问燕郎。

陛下不必多疑，那些登门庆贺者不过是逢场作戏而已。

狼子野心，昭然若揭。我冷笑了一声，用朱笔将所有的名字圈成一串，然后我又问燕郎，你看这图形像什么？

像一串蚂蚱。燕郎想了想答道。

不像一串蚂蚱，倒像一条铁镣铐。我说，这些人借机密谋改朝换代之事，实在是可恶可气，他们串在一起就是一条铁镣铐，他们想把它戴到我的手上。

那么陛下就把铁铐先戴到他们手上吧。燕郎脱口而出。

谈何容易。我沉吟半晌，叹了口气说，我是个什么狗屁燮王？我是天底下最软弱最无能最可怜的帝王，小时候受奶妈、太监和宫女摆布，读书启蒙时受僧人觉空摆布，当了燮王又每天受皇甫夫人和孟夫人的摆布。如今国情大变，民心离乱，一切都已为时过晚了。我明明知道有一把刀在朝我脖子上砍来，却只能在这里一声声地叹气。燕郎，你说我是个什么狗屁燮王？

在一番冲动的言辞过后我放声恸哭，这次恸哭突如其来，但也是积聚已久的情绪的释放。燕郎目瞪口呆，他所想起来做的第一件事就是将卧房的大门关闭，他也许牢记着帝王的哭声是宫廷大忌。

门外的宫女和太监仍然听见了我的哭声，有人及时地将这种反常之事通报了珠荫堂的孟夫人。孟夫人匆匆赶来，后面跟着我那群鬼鬼祟祟好管闲事的后妃。我注意到她们这天统一试用了一种粉妆，每个人的脸上都泛出相似的紫晶色，嘴唇上的朱砂或深或浅，在我看来都像一块水中的鸡血石。

你们蜂拥而来，想干什么？我做出若无其事的样子说。

陛下刚才在干什么？孟夫人面含愠色反诘道。

什么也没干。你们今天用的是什么粉妆？我转过脸问一旁站着的蕙妃，梅花妆？黛娥妆？我看倒像是鸡血妆，以后就称它鸡血妆怎么样？

鸡血妆？这名字有趣。蕙妃拍着手笑起来，突然发现孟夫人向她报以白眼，于是立刻掩嘴噤声了。

孟夫人让宫女拿来一面铜鉴，她说，到陛下那儿去，让陛下看一看自己的天子仪容吧。宫女在我面前端起铜鉴时，孟夫人发出一声喟然长叹，她的眼圈莫名地红了，又说，先王在世时，我从未在他脸上见过大喜大悲，更未见过一滴泪迹。

你是说我不配做一国之王？我勃然大怒，一脚踢飞了宫女手中的铜鉴，我说，不让我哭？那我笑总可以吧。不让哭也行，我以后天天笑声不绝，你们就不用来烦心了。

也不可以笑，皇甫夫人的忌日未过三七，陛下怎么可以不顾孝悌之仪而无端大笑呢？

不让哭也不让笑，我该干什么？去杀人？我杀多少人你们都不管，就是不让我哭不让我笑。我还算一个什么狗屁燮王？说着我仰天大笑起来，我摘下头上的黑豹龙冠往孟夫人怀里扔去，我不当这个狗屁燮王，你想当就给你，谁想当就给谁吧。

孟夫人对突然恶化的事态猝不及防，终于失声啜泣起来，我看见她抱着那顶黑豹龙冠浑身战栗，脸上的粉妆被泪水冲得半红半白。后妃们在燕郎的暗示下逐一退出了我的卧房，我听见彭王后用一种讥嘲的语气对兰妃说，陛下近来有点癫狂。

多少年以后一群白色小鬼再次莅临我的梦境。它们随风潜入南窗，拖曳着一条模糊的神秘的光带。它们隐匿在我的枕衾两侧和衣衫之间，静止、跳跃或者舞蹈，哭泣时类似后宫怨女，狂怒时就像战场战士。在那种强迫的耳鬓厮磨中我几近窒息。

没有人前来驱赶那群白色小鬼，僧人觉空正在遥远的苦竹寺无梦而眠。当我艰难地从噩梦中挣扎而起时，面对的是惊慌失措的蕙妃。蕙妃用一块丝绢遮掩着下体，赤脚站在床榻之下，她的眼睛里充满了疑惑和恐惧。我知道是我在梦魇中的狂叫吓着了她。

陛下龙体欠妥，我已差人去传太医了。蕙妃怯怯地说。

不要太医,去找一个会捉鬼的人。我醒来仍然看见那些白色小鬼,在烛光下它们只是变得纤小了一些、模糊了一些,现在它们站在球瓶、花案和窗格上发出那种凄厉的喧嚣。看见它们了吗?我指着花案上的白影对董妃说,就是那一群白色小鬼,它们又来了,燮国的灾难就要降临了。

陛下看花眼了,那是一盆四季海棠。

你再细看,那个白色小鬼就藏在海棠叶下面。你看它转过脸来了,它在嘲笑你们这些妇人的愚钝无知。

陛下,真的什么也没有。陛下看见的是月光。

董妃吓得呜呜啼哭起来,边哭边喊着门外守夜太监的名字,紧接着锦衣侍兵们也匆匆跑来。我听见韫秀殿的空气爆发出訇然脆响,那群白色小鬼在侍兵们的剑刃下像水泡一样渐渐消失。

没有人相信我在清醒的状态下看见了鬼,他们情愿相信那些不着边际的鬼故事,却不相信我的细致入微的描述。从他们睡眼惺忪的脸上可以看出这一点。他们竟然用一种怀疑的目光审视我,一个至高无上的帝王,一个金口玉言的帝王,难道他们知道我不是诏传的大燮王吗?

我的夜晚和白天一样令人不安,现在老疯子孙信的咒语在我耳边真切地回荡,你将看见九十九个鬼魂,燮国的灾难就要降临了。

暗杀端文的计划是在一次酒醉后开始酝酿的。酒宴上的密谋者包括兵部尚书邱旻、礼部侍郎梁文谟、殿前都检吉璋和总管太监燕郎。当我凭借三分酒意毫无顾忌地倾吐心中的忧患时,这些心有灵犀的亲信表情复杂,互相试探。他们小心翼翼地提到端文的名字和有关他的种种传闻,我记得自己突然将白玉樽砸在邱旻的脚下,杀,我就这样简洁而不加节制地怒吼一声,邱旻吓得跳了起来。杀。他重复了我的旨意。后来话题就急转直下,触及了这个秘密的计划。密谋者一致认为,此事实施时驾轻就熟,唯一顾忌的是激怒先帝的其他后代,那些散居在燮国各地独霸一方的藩王们,他们与大燮宫的矛盾随着皇甫夫人的薨逝而日益加剧,尤其是西王昭阳和端文的亲密关系更加令人担忧。

杀。我打断了密谋者们瞻前顾后的分析,情绪变得非常冲动,我要你们杀了他。我拍案而起,轮流拉拽着四个人的耳朵,我贴着那些耳朵继续狂吼,你们听见了吗?我是燮王,我要你们杀了他。

是,陛下,你想杀他他就得死。吉璋跪地而泣,他说,那么陛下明日传端文入宫吧,我会替陛下了却这桩心愿。

第二天燕郎奉诏去了平亲王府。燕郎的白马拴在平亲王府的拴马石上,街市上的行人商贩集结而来,将道路挤得水泄不通,他们想看看一代权阉燕郎的仪容,更想一睹传奇人物端文的风采。据说端文跪地接旨时神态异样,在地上重重地击掌三下,沉滞的击掌声使燕郎感到惊讶,他无法揣摸端文当时的心理。而端文的同胞兄弟端武守在照壁前,大声而粗鲁地辱骂着门外观望的路人。

端文牵马跨出平亲王府的红门槛,以一块黑布蒙住整个脸部,只露出那双冷漠的狭长的眼睛。端文以蒙面者的姿态策马穿越街上拥挤的人群,目不斜视,对四周百姓的欢呼和议论无动于衷。人们不知道一个功勋显赫的英雄为何要蒙面过市。

据燕郎后来解释说,出乎意料的事情发生在菜市街附近,一个破衣烂衫游乞于京城的老乞丐突然挤到端文的马前,他伸出打狗棍挑去了端文脸上的黑布面罩,这个动作来得突兀而迅疾,端文大叫了一声,他想到空中去抢那块黑布面罩,已经迟了。端文苍白而宽硕的额角袒露在阳光下,一些围观者发现他的前额上刺着两个蝌蚪般大小的青字:燮王。

菜市街顿时陷入一片莫名的骚乱。端文回马返归,以一手抚额,一手持剑驱扫蜂拥而上的行人,他的表情痛苦而狰狞,怒吼声像钝器一样敲击人们的头顶。端文骑在玉兔马上狂奔而去，半途遇到了燕郎和几名锦衣卫的拦截。拦截毫无作用，燕郎后来羞惭地说，他被端文的凌空一脚踢下了马背，情急之中他只揪到了玉兔马的一根尾鬃。就这样端文从混乱的街市上消失不见了。

吉璋设置的毒箭射手在燮宫的角楼上空等了一个下午，最后看见的是无功而返的燕郎一行，他们向射手做了收弓罢箭的暗号，我当时就预感到有一股神秘的灾气阻遏了这次计划，远远的我听见燕郎的象笏落地，声音颓丧无力，我紧绷的心弦反而一下松弛下来。

上苍免他一死，这是天意。我对吉璋说。假如我想让他死，上苍想让他活，那就让他去吧。

陛下，是否派兵封查城门？我估计端文仍在城中，既然已打草惊蛇，不妨以叛君之罪缉拿端文。吉璋提议道。

可是端文的英雄故事已经流传到燮国的每一个角落。人们已经开始怀疑他们的燮王，他们学会了判断真伪良莠。而我从来不想指黑为白或者指鹿为马，我的敏感的天性告诉我，你必须杀了这个叱咤风云的英雄，仅此而已，我不想对吉璋做出更多的解释。

听天由命吧。我对聚集而来的密谋者说，也许端文真的是燮王，我觉得冥冥之中有一股神力在帮助他。对于端文能杀则杀，杀不了就让他去吧。只当是我酒后开的一个玩笑罢了。

四个密谋者垂手站在角楼上面面相觑，从他们的表情中可以看出一丝疑惑和一丝羞惭，很明显他们不满于我的半途而废和优柔寡断。午后的风拂动着角楼上的钟绳，大钟内壁发出细微的嗡嗡的回声。角楼上的人都侧耳谛听着这阵奇异的钟声，谁也不敢轻易打破难堪的沉默，但每个人的心中都预测到大燮宫的未来暗藏着风云变幻，包括我自己。这个夏日午后阳光非常强烈，我看见角楼下的琉璃红瓦和绿树丛中弥漫着灾难的白光。

锦衣卫们在城内搜寻了两天两夜，没有发现端文的踪迹，第三天他们再返平亲王府，终于在后院的废井中找到了一个地道的入口，两名锦衣卫持烛钻进地道，在黑暗中摸索着走了很久，出来的时候钻出一垛陈年的干草，他们发现自己正站在北门外的柞树林里。有一只撕破的衣袖挂在洞口的树枝上，锦衣卫看见衣袖上写着一排血字：端文回京之日，端白死亡之时。

他们把那只白衣袖带到了清修堂，作为端文留下的唯一罪证交给我。我看着衣袖上那排遒劲有力的血字，心被深深地刺痛了。我用一把铁剪把白衣袖剪成一堆碎片，脑子里萌生了一个有趣而残酷的报复方法。传端武入宫，我大声地向宫监叫喊着，我要让他把这面丧幡咽进肚腹。

端武被推上清修堂时依然狂傲不羁，他站在玉阶上用一种挑战的目光望着我，始终不肯跪伏。侍卫们拥上去按住他强迫他跪下去，但武艺高强的端武竟然推倒了三名侍卫，嘴里大叫，要杀就杀，要跪无门。

怎样能让他跪下去？我沉默了一会询问旁边的燕郎。

拿铁锤敲碎他的膝盖骨，只有这个办法了。燕郎轻声地答道。

那就去拿铁锤吧，他必须替端文承受应有的责罚。

随着一声惨叫，铁锤敲碎了端武的膝盖骨。我看见端武痛苦地倒在玉阶上，两个侍卫跑过去架住他的双臂，另一个抱住他的腰往下搋，这样端武以一种古怪的姿势跪在我的面前。

现在让他把碎布条咽进腹中吧，这是端文留给他的美餐。我说着大笑起来，走下御榻去拍了拍端武的肩膀，你会吃得很香的，是吗？

端武艰难地仰起脸注视我，他眼睛中的狂傲已经转化成绝望的亢奋，似乎将要滴出血珠，我听见他用一种梦呓般的声音说，你不是燮王，端文才是真正的燮王，端文回京之日就是你的灭亡之时。

是的，我们对此都深信不疑。我收敛了笑意，从地上抓起一把碎布条，然后我用一只手卡紧端武的下颔，另一只手将碎布条塞进他的嘴里，我说，可是我现在还是燮王，我想干什么就可以干什么。我不想听你说话你就不能说话。

对端武的报复持续了一个时辰，我也颇为疲累。当侍兵们松开端武的双臂，他已经无法站立。我看见端武在地上爬行了一段，两条修长的腿像断木一样僵直。他一边干呕着一边爬到我的脚边，拉住我的蟒袍一角，我发现他的脸上突然出现一种天真烂漫的笑容。

你看见端文前额上的刺字了吗？

我没看见，但街上的百姓们看见了，端文的谋反篡位之心路人皆知。

你知道是谁在端文的前额刺写燮王二字的吗？

正要问你呢，是你刺的？还是他自己刺的？

不，是先王的亡灵。有天夜里端文梦见先王的手，梦见一根闪光的金针，早晨醒来他的前额就出现了那两个字。

一派胡言。端文狂妄至极，竟敢以此到宫中向我挑衅，假如我亲眼看到那个该死的前额，你猜我会怎样做？我会用匕首把它们一点一点地剜去，直到他梦醒为止。

不。那是先王的圣灵再现，不管是你还是端文自己，谁也无法藏匿那两个字，谁也无法将它从端文的前额上抹去。

端武发出豪迈而激昂的笑声，然后他松开了我的蟒袍，从玉阶上滚落下去。侍兵们上去把他拖出了清修堂，从他膝盖上渗出的血点点滴滴盘桓而去，远看就像一条蛇的形状。隔了很远，我依然听见断腿的端武一路狂笑，令人毛骨悚然。

已故的燮王，我的英名留世的父王，他在仙逝多年以后仍然将一片浓重的阴影投于我的头顶之上。关于他的死因曾经传说纷纭，有人说他是误服假丹而死，有人说他死于一代艳妃黛娘的绣榻罗帐，甚至有人秘传是皇甫夫人用鸩毒谋害了她的亲生儿子。而我只相信自己的判断，我相信焦虑、恐惧、纵欲组合成一根索命的绳子，这根绳子可以在任何时刻将任何人索往阴界地狱。我相信父王死于自己的双手，死于自己的双手紧紧捏住的那根绳子。

夏天以来我多次看见父王巨大的长满黑色汗毛的手，它出现在朝觐时分的繁心殿上，像一朵云游过朝臣们的峨冠博带，手中的绳子布满霉菌和黑色虫卵，呼啸着向我抛来。它更多地出现在我的夜梦中，我梦见父王的手温柔地抚摸另一个儿子的前额，他是长子端文，我真的梦见父王手持金针，在端文的前额上刺下燮王二字。

你不是真的。父王说。

真的燮王是长子端文。父王说。

他们告诉我端文已经逃到品州，他躲在一具棺木里避开了沿路巡兵的搜查。那是暴卒的青县刺史李安的尸棺，抬棺的脚夫把它运往李安的老家品州落葬，他们说端文就躺在李安的死尸下到了品州城。

到了品州也就到了西王昭阳独霸的天下，昭阳对端文一直钟爱有加，他也是当年力主端文继承王位的四大藩王之一。几乎可以确定，端文现在滞留于西王府邸中舔吮自己的伤口，他终于找到了一片相对安全的树荫。

我母亲孟夫人和我一样焦灼不安，她清醒地意识到端文此去给大燮宫留下了一条祸根，在一番絮絮叨叨的埋怨之后，急召丞相冯敖入宫秘议。孟夫人说，不是鱼死就是网破，千万不能让昭阳和端文穿起一条裤子，端文必诛无疑，实在没办法了，就连同西王府一起端掉吧。

丞相冯敖匆匆来到珠荫堂，他的想法与孟夫人大相径庭。奇怪的是当他们的谈话渐渐深入时，我倒成了一个旁观者。我突然想起多年前与燕郎微服出游品州城的情景，想起那天充满狂欢气氛的闹腊八的人群。我清晰地看见那个从南方漂泊而来的杂耍班子，疲惫而快乐的杂耍艺人散坐在人群中央，板、壶、拍、盘、滚木、起轮和傀儡等杂耍器具堆在空地上，看上去美丽而富于幻想，然后我的眼前再现了那根高空绳索，它像一条霓虹横驾于珠荫堂和品州城之间，我看见一个白衣白裤的走索艺人，双臂平伸，面含微笑，朝前走三步，往后退一步，他的绝技那么危险那么优美。我看见他在人群的欢叫声中蓦然回首，我认出他是我的另一个灵魂和另一具肉躯。

西王昭阳麾下有二万精兵勇将，倘若朝廷讨伐品州，恐怕很难匹敌。丞相冯敖说，昭阳的势力雄踞八大藩王之上，冰冻三尺非一日之寒，先王在世时视昭阳为隐患，但也无力阻遏他的锋芒。如今朝野之上内乱外患，祭天会刚刚剪除，棠县封州一带又有暴乱，聚师讨伐品州也只能是纸上谈兵了。冯敖说着很暧昧地笑了一笑，他的狡黠精明的目光从孟夫人脸上匆匆掠过，最后落在珠荫堂的雕花窗格上，有只苍蝇在窗格上嘤嘤飞舞。冯敖一语双关地说，陛下和夫人讨厌苍蝇吗？对付苍蝇最好的办法不是拍死它，而是打开窗户让它飞到外面去。

假如它不肯飞走，假如它还想飞到你的脸上来呢？孟夫人人说。

那就需要一只最好的苍蝇拍子。冯敖叹了口气，他说，可惜我没有看见那只最好的苍蝇拍子，也许只好睁一眼闭一眼随它去了。

好一个足智多谋的冯丞相。孟夫人勃然作色,她的忧郁伤感的脸上突然浮现一丝恶毒的冷笑,我看见她从花梨木圆几上抓起一只翠釉耳壶朝冯敖掷去,你想让我们坐在宫中等死?孟夫人从座椅上跳起来,指着冯敖的鼻子说,我不信你们这些胆小鬼的屁话,我会让你们领教老娘的厉害。

受辱的冯敖用长袖遮盖了他紫涨的脸部,缄口不语。我对孟夫人的脱口而出的污言秽语也颇为惊愕。这是她第一次在朝廷重臣面前暴露她的市井陋习。我想是一种唇亡齿寒的命运联系使孟夫人变得与我一样愤怒而疯狂。

我宽宥了孟夫人街市泼妇式的言行,但丞相冯敖生性自尊清高,他似乎无法接受被一个后宫贵妇羞辱出门的事实。隔了几天,两代丞相冯敖罢官返乡的消息就在京城上下传开了。

八月,被派往各藩王府的钦差纷纷无功而返,他们带回的藩王们的奏疏内容如出一辙,东王达浚和西南王达清称病不能归朝,南王昭佑则称其政务繁重无法脱身,而东北王达澄据说亲自率兵在外,征收各县拖欠多年的杂税。我意识到藩王们的回奏并非巧合,这是一个非常危险的信号,如此看来,利用藩王们的势力打击昭阳只是幼稚的幻想而已。

唯一应诏入宫的是名存实亡的西北王达渔。达渔已在京城游荡多年，依然沉溺于酒色之中不能自拔。我看见达渔醉醺醺地闯入繁心殿，脸颊上还留着一块可疑的红印，我猜他大约是刚从歌楼妓寮里出来。

只来了一个酒色之徒，也许我只能跟他商讨一下社稷大业了。我暗自苦笑，让宫役给达渔拿了醒酒的药丸。达渔把药丸捻碎了扔在地上，口口声声说他没醉，他说今天是他最清醒的日子。我看见他摇摇晃晃坐到椅子上，肆无忌惮地打了一个酒嗝。

坐一会儿你就走吧，他们没来，他们不会来了。我厌恶地望着那张醺红的长满肉刺的脸，已经没有什么值得商谈了，你再打几个酒嗝就可以走了。

陛下听说过流莺楼的碧奴儿吗？是个波斯女子，美貌绝伦，善弹善舞，酒量更是惊人。陛下假如有这份闲情，我有办法把她弄到宫中来。达渔果然打了第二声酒嗝，然后他的身体慢慢地向我凑过来，我闻见了一股由酒气和脂粉气混杂的气味，然后我听见他用一种诚恳的语调说，陛下的六宫粉黛虽然个个千娇百媚，但是无人能跟碧奴儿媲美，陛下难道不想见识一下波斯女子的风情吗？

未尝不可，那你今天夜里就把她带进宫来吧。

达渔很快乐地笑起来。我知道他乐于撮合宫廷中的任何风流韵事，这是他的另一种癖好。奇怪的是我的态度，我在心情异常恶劣的情况下钻进了达渔的桃色圈套。

  姑且把端文、昭阳搁在一边，古往今来，多少帝王坐在火山上怀抱美人聊以自慰，我想我不是唯一的，那不是我的过错。这天夜晚达渔将碧奴儿悄悄引进清修堂的侧殿，我从碧奴儿白玉般晶莹丰腴的肉体上嗅到了死神来临的气息。碧奴儿的腕踝之上套满了金镯银链，它们在舞蹈中奏响细碎而动听的音乐，美艳大胆的波斯女子跳着故乡著名的肚皮舞，从桌几上跳到地上，跳到西北王达渔身边，又从达渔身边跳到我的怀里，蓝黑色的眼睛毫不掩饰挑逗之意，充满激情的双手创造了令人心动的舞姿。我目瞪口呆，我觉得美丽的死神正在温柔地触摸我，沿着头部和心脏徐徐而下，就像一道冰凉的水流。我听见一个低沉的忧伤的声音来自天穹深处，燮王荒淫至此，燮国的末日很快就会来临了。

  自蕙妃离宫后我没有得到她的任何消息，有时候走过御河上的石桥，我会下意识地朝桥下张望，但物是人非，杨柳树下芳草萋萋，不再有穿白衣的女孩模仿飞鸟沿河奔跑。我想起那个品州女孩如今已遁入空门，想起曾与她拥有的一段缱绻恋情，不由得黯然神伤。

  后妃们之间的龃龉和争斗仍然持续不断。这些无知浅薄的妇人对大燮宫风雨飘摇的处境似懂非懂，她们热衷于一些有关美容、服饰、生育受孕的流言蜚语，并且做出了荒唐可笑的尝试。有一次我看见兰妃用米醋涂满脸部，端坐在兰华殿前晒太阳，她的眼睛被米醋呛得流泪不止，双眼眼角因此红肿溃烂了好多天，后来我听宫女们说，兰妃误用了民间的美容秘方，结果落下个有苦难言的下场，兰妃一气之下，将那个替她涂醋的宫女打了三记耳光。

更加滑稽的是那张秘密流传在后妃们中间的药笺，据说那是一剂受孕得胎的良药，当我在繁心殿上为朝臣们言辞激烈的奏疏心烦意乱的时候，我的后妃们忙于在小泥炉上煎煮草药。那些日子不管我走到哪个嫔妃的居所，都会闻到一股古怪的带有腥气的药味。后来我在菡妃那儿得知，药笺是从她的手中流传出去的，菡妃沉浸在她一手制造的闹剧气氛中，她用一种促狭自得的语调说，她们不是都妒忌我吗。她们不是发疯般地想怀天子龙胎吗？我就胡乱编了个药方，反正吃不死人，我就成全了她们的念想吧，省得她们整天盯着我的身子咽口水。

我看了看菡妃随意乱写的药笺，上面罗列了十来种草药，计有黄连、茴香、防风、贝母、白芷、当归、乳香、连翘、何首乌、金银花、肉苁蓉等，最后的一味药明显可见菡妃对服药者的捉弄和报复，竟然是猪尿泡一副。我想那也是药罐里膻腥之气的由来。

可怜。我想笑却笑不出来,一边撕碎药笺一边想象那些后妃们捏着鼻子服药的情景,我望着菡妃骄傲地隆起的腹部,伸出手在上面抚摸了片刻,然后我问菡妃,你现在觉得很快乐是吗?

当然很快乐,陛下,我怎么能不快乐?小天子再过两月就要降生了。菡妃的脸上洋溢着喜悦的红晕,她娇憨地反问了一句,难道陛下不快乐吗?

天知道我是否快乐。我避开了菡妃缠绵而热烈的目光,低下头把玩着一只翡翠如意,我说,你怕不怕?怕不怕横祸突降?怕不怕最后落下蕙妃那样的下场。

不怕。我有陛下和孟夫人的庇荫,她们不敢肆意陷害我,倘若再生横祸,陛下和孟夫人会给我做主是吗?菡妃走近我,试探地坐到我的膝上,臃肿的体态使她的温存显得笨拙而索然寡味。这一瞬间我意识到自身承受的压力如此繁复如此可怕,它们就像被山洪冲泄的巨石,一块一块地垒筑在我脆弱的王冠之上。

灾祸来自宫墙以外,假如连大燮宫也被灾祸所毁,人人自危,谁还帮得了谁呢?这一天快要来临了。我突然站起来推开了菡妃,像逃一样地走出菡妃的卧房。走到门外我突然被一种狂躁而愤怒的情绪所控制，于是我把玩月楼的璎珞珠帘踢得东摇西晃，我对受惊的菡妃大叫道，告诉那些下贱的妇人，让她们解开中衣等在宫门口，端文就要来了，端文就要来让你们受孕了。

我渐渐中止了与后妃们的床笫生活，每夜独居于清修堂中。突如其来的隐疾难以启齿，它跟我沮丧而绝望的心情有关。我不愿意向御医索取治病的灵丹妙药，对于后妃们形形色色的窥测方式装聋作哑，拒绝所有的诱惑和暗示。我觉得我正在以最悲壮的姿态迎接末日来临。

那是我最后的帝王岁月，我心如死灰，忠实的奴仆燕郎替代了美貌的妇人，终日陪伴在我的左右。我记得一个雷雨之夜，我和燕郎秉烛长谈，细致地回忆了年少无知时的宫廷生活，当然谈得最多的是那次在品州城的微服出游，我们互相发现品州城闹腊八的人群给对方留下了永不磨灭的印象。夜空中雷声轰鸣，清修堂的建筑被暴雨流水溅打出一片战栗之声，榻边的烛光摇晃了一下后遽然熄灭，黑暗中闪雷的余光使我从龙榻上一跃而起，我想去关上窗户，但我的手被燕郎抓住了，燕郎说，陛下别怕，那是一道闪雷，闪雷从来不进帝王的宫殿。

不，也许闪雷恰恰击中我的头顶。我惊悚地凝望着清修堂外的树枝在风雨中飘摇，现在我什么也不相信了，我对燕郎说，我只相信灾难正在一步步逼近大燮宫，燮国的末日就要到了。

燕郎以他的惯有的弯曲的体态站在黑暗之中，我看不清他的脸，但我听见了他哽咽的声音，酷似一个悲泣的妇人。我知道燕郎理解了我的恐惧，我的哀伤。

假如我能躲过灭顶之灾，假如我能活着离开大燮宫，燕郎，你猜我会去干什么？

去寻找品州城的杂耍班子，去走索。

对，去找那个杂耍班子，去走索。

假如陛下去走索，奴才就去踏滚木。

我紧紧地抱住了燕郎的肩膀，在这个不祥的雷雨之夜，我和一个出身低贱的大太监相抱而泣，提前哀悼了八年帝王生涯的结束。

6

农历八月二十六日，光禄大将军端文和西王昭阳并辔而行，驶出品州城的城门，他们的身后是一支绵延数里的风华正茂的军队，旌旗遮天蔽日，号角声响彻西北大地。这支万人军队以势不可挡的气势向燮国京城推进，第三天早晨到达了京城以西六十里的池州地界。

第三天早晨爆发了燮国历史上最著名的池州之战。部署在池州防线的一万官兵与叛军短兵相接，血肉横飞于池州城外的田野和河流之中。那场战役持续了一天一夜，双方死伤无数，到了次日中午战死者的尸体被幸存者抛入池河，以利腾出足够的空地作最后决战的疆场。那些死尸堵塞了池河的河道，形成无数活动的浮桥，恐惧的临阵脱逃的官兵就从死尸浮桥上偷偷越过池河，带着浑身的血腥味向家乡逃亡，沿路丢弃的兵器后来被当地农人改铸成犁锄农具和运草车的轮辐，成为这场战争永久性的纪念。

我心爱的战将吉璋被端文的轰天戟敲下马背，预告了池州之战以官兵惨败而告终。端文把吉璋的尸体拴在马腹下沿河岸急驰了一圈，他额上神秘的刺字在正午的阳光下熠熠发亮。白马所过之处，残余的官兵都清晰地看见了端文前额上的刺字，燮王，他们被那道光环所慑服，燮王，燮王，他们像一丝秋草被端文的旋风席卷着，跪伏在那匹白马下俯首称降。

六十里以外的大燮宫沉浸在死亡气氛中，我在角楼上远远地看见一辆辎重马车停在王后彭氏的烟霞堂前，来自彭国的黑衣武士在车前车后忙碌着，他们奉彭王昭勉之命将公主接回彭国躲避战乱，我依稀听见了彭氏沙哑的哭声，我不知道她在为谁而哭，也许她已经意识到这是一次去而不返的行程？我第一次对这个骄悍任性的妇人产生了怜悯之心，她和宫中的所有嫔妃一样，红粉幽梦突然惊醒，她们将陪着一个倒霉的帝王坠入黑暗的深不可测的空间。

那天正午我枯立于角楼凭栏西望，视野里除了湛蓝色的天空和京城的灰黑色屋顶，就是几缕赶路商贩的马蹄腾起的黄尘，京城的百姓在战祸来临之际闭门不出。我什么也看不见，看不见五十里以外的最后的战场，看不见我的蚁群般蜂拥于街市的布衣子民。我的心空空荡荡。后来我听见角楼上的大钟被谁敲响了，我知道那是丧钟的声音，但是角楼上空寂无人，也没有风吹过，我不知道是谁敲响了丧钟，于是我注意到那根黄棕编织的钟绳，它在凝固的空气中神奇地律动，不可思议的是我在钟绳上发现了八个白色小鬼，它们竟然出现在光天化日之下，它们攀附在钟绳上敲出一种冰凉的死亡的钟声。

我不记得是从哪儿拾起了那册灰尘蒙蒙的《论语》，僧人觉空远离大燮宫已经多年，临别之际他要求我读完这部著名的圣贤之书，但我从来没有想到过此事，我把沉重的书册摊放于膝上，目光所及却是一片空白，我知道我已经没有时间读完这部《论语》。

后宫里到处可闻妇人们哭哭啼啼的声音，宫监和宫女们神色凄惶，在亭台楼堂之间像无头之蝇一样转来转去。我母亲孟夫人带着几个手捧白绢的宫监出现在贵妃们的居所，白绢赐死的仪式已无须用语言表达，孟夫人眼含热泪，亲眼督察了兰妃和蕙妃自缢于屋梁的全部过程，最后她将剩余的那条白绢带到玩月楼。

身怀六甲的菡妃对孟夫人进行了疯狂的抵抗，拒不从死，据说她用一把剪刀剪断了白绢。小天子还未降生，我绝不能死。菡妃抱着孟夫人苦苦哀求，别让我死，假如一定要死，就等到小天子降生以后再赐白绢吧。

你怎么这样糊涂？孟夫人也已经泣不成声，她说，你太糊涂，难道你还能有那么一天吗？即使我免你一死，端文也不会放过你，端文的人马马上就要进宫了。

别让我死。我怀着天子，我不能死。菡妃尖厉地叫喊着，赤足跑出了玩月楼。孟夫人看见菡妃披头散发地朝冷宫的方向跑，她猜菡妃是想将自己藏匿在冷宫的废黜嫔妃中间。孟夫人制止了宫监们的追赶，她苦笑着说，糊涂的孩子，这样一来她会死得更惨。冷宫里的那些妇人会把她撕成碎片的。

菡妃在迷乱中选择的藏身之处果然就是她的停尸之地。后来我听说她闯进了黛娘的囚室，她让黛娘用干草把她埋藏起来，黛娘照办了。黛娘的舌头早就被割除了，她不会说话，黛娘的十指也已被铁钳夹断，因此她朝菡妃身上埋干草的动作显得迟缓而笨拙。后来黛娘依靠她唯一的健全的双脚疯狂踩踏草堆下的菡妃，直至菡妃的呼救声渐渐衰竭，枯黄的干草染上一层稠酽的血红色。

我没有看见陈尸于冷宫干草堆上的菡妃。也没有看见我的骨血是如何被一个疯狂的废妃活活踩出母胎的。在大燮宫中度过的最后一天对我而言是静止和凝固的。我手持《论语》等待着灾难临头，心情竟然平静如水。后来从光燮门那里传来沉闷的木桩破门的声音，我抬起了头。我看见燕郎垂手立于门外,他用一种冷静的语气禀告道,太后娘娘薨了,菡妃薨了,堇、兰二妃也已薨了。

那么我呢?我是不是还活着?

陛下万寿无疆。燕郎说。

可是我觉得我正在一点一点一滴一滴地死去,恐怕我来不及读完这部《论语》了。

杂沓的马蹄声终于像潮水一样冲破光燮门涌入王宫,我用指尖堵住耳孔说,你听见了吗?燮国的末日就这样来临了。

八年以后我和我的异母兄弟端文在宫墙下再次相遇,他脸上的仇恨和阴郁之光已经消失,作为这场漫长的王冕之战的胜利者,端文的微笑显得疲倦而意味深长。相视无言的瞬间就是漫漫流年,多少年的宫廷烟云从我眼前一掠而过,白马上的那个英武的百折不挠的身影确确实实是先王的化身。

你就是燮王。我说。

端文会心地朗声一笑,我记得这是他的唯一的笑容。他仍然默默地注视着我,目光中有一种古怪的怜悯和柔情。

一个十足的废物,一具行尸走肉,当初他们把黑豹龙冠强加于你的头上,是你的不幸,也是燮国百姓的不幸。端文跨下白马朝我走来,他的黑色披风像鸟翅一样扑闪着,卷来某种酸涩的气味,他前额上的两个青色的刺字散发着网状光晕,刺痛了我的眼睛。看见我前额上的刺字吗?端文说,是先王的亡灵留下的圣诏,我原本想让你第一个看到它,而后从容赴死,没想到一个老乞丐的打狗棍改变了整个命脉,现在你成了最后一个目睹者,谁是真正的燮王。

你就是燮王。我说。

我就是燮王,这是整个世界告诉我的真相。端文将一只手搭在我的肩上,另一只手做了一个令我愕然的动作,他像一个真正的兄长那样抚摸了我的脸颊,他的声音听来是平静而深思熟虑的。从宫墙上爬出去吧,端文说,到外面的世界去做一个庶民,这是对一个假帝王最好的惩罚。爬出去吧,端文说,把你最忠实的奴才燕郎带上,现在就开始你的庶民生涯吧。

我站在燕郎柔软的肩背上,我的身体像一面残破的旗帜升起来,渐渐远离我生活了二十多年的帝王之地。宫墙上野草伏在我的手背上,锯齿形草叶割痛了我的皮肤。我看见宫墙外的京城,一个沸腾的悬浮的太阳,太阳下的街衢、房舍、树木如山如海,那是一个灼热的陌生世界。我看见一只灰鸟从头顶飞掠而过,奇怪的鸟鸣声响彻夏日的天空。

亡……亡……亡。

第 三 章

1

我的庶民生涯开始于这个闷热的夏季。京城的空气凝滞不动,街陌行人在炎炎烈日的炙烤下沿途挥发着汗臭味,而官宦人家豢养的狗犬在门檐下安静地睡眠,偶尔抬头向陌生人吐出猩红的舌头。店铺酒肆里冷冷清清,一些身穿黑色的印有"西北"番号的叛军从街角集队而过,我看见了枣骝马上的西王昭阳,看见他帐下的威震四方的五虎将簇拥着昭阳和他的双环黑旗。西王昭阳白发银髯,目光炯炯,他策马穿越京城街头的表情自信而从容,似乎一切都如愿以偿。我知道就是这些人和端文联手颠覆了大燮宫,但我不知道他们将如何瓜分我的黑豹龙冠,如何瓜分我的富饶的国土和丰厚的财产。

现在我和燕郎已经是布衣打扮,我骑在一头驴子的背上仰望白光四溢的天空,环视兵荒马乱的战争风景。燕郎肩背钱褡牵着驴子在前面步行,我跟随着这个上苍赐予的忠诚的奴仆,他将把我带到他的采石县老家,除此之外我别无抉择。

我们是从京城的北门出城的，城门附近戒备森严，来往行人受到了西北兵严厉的盘诘和搜查。我看见燕郎用一块丝绢将两锭银子包好，塞在一个军曹的怀里，然后毛驴就顺利地通过了城门。没有人认出我的面目，谁会想到一个骑着毛驴的以竹笠遮挡炎日的商贾青年，就是那个被贬放的燮王。在京城北面五里地的土坡上，我回首遥望了大燮宫，那片辉煌富丽的帝王之宫已经成为虚浮的黄色轮廓，一切都变得模糊了，一切都在飘逝，它留给我的只是梦幻般的记忆。

朝采石县走也就是朝燮国的东南方向走，这与我当年出宫西巡的路线恰恰反道而行，东南部一望无际的平原和稠密的人群对我来说是陌生而充满异邦情调的。有多少土地就有多少桑梓良田，有多少茅庐就有多少男耕女织之家，广袤的乡村像一匹黄绿交杂的布幔铺陈在我的逃亡路上，我与世俗的民间生活往往隔着一条河渠、一条泥路或者几棵杂树，他们离我如此之近，打谷的农人一边在石臼上用力抽打成熟的稻谷，一边用淡漠而浑浊的目光观望着官道上的赶路人，蹲在河塘边浣纱的农妇穿着皂色的布衫，发髻用红布条随意地绾起，她们三五成群地挤在石埠上，用一种快速的粗俗的方式猜测你的身份和行踪，有时候从棒槌下溅起的水花会飞溅到我的脸上。

他是盐商。一个妇人说。

胡吣呢，盐商身后都跟着驮盐的马队，我看他像个赶考落榜的秀才。第二个妇人说。

管他是谁，你浣你的纱，他赶他的路吧。第三个妇人说完又补充道，你们都胡吣啥呢，我看他准是个被朝廷革了职的六品官。

我在逃亡路上接受过无数类似的评判，渐渐地没有了那种芒刺在背的不适。有时候我隔河回应她们多余的议论，我大声地说，我是你们的国王。浣纱的农妇们一齐咯咯地大笑起来，有一个尖锐的声音向我警告，小心官府来砍了你的狗头。我和燕郎相视而笑，匆匆拍驴而过，天知道我与农妇的调笑是快乐还是悲伤的宣泄。

漫长的旅程使我与世俗生活不断地擦肩摩踵，我讨厌通往采石县的这条黄尘飞扬的土路，讨厌路旁那些爬满蛆虫和苍蝇的粪缸，更加讨厌的是我不得不在那些肮脏简陋的客栈宿夜歇脚，忍受蚊蝇的叮咬和粗糙无味的膳食。在一家路边野店的竹席上，我亲眼看见三只跳蚤从竹席缝间跳出来，一只硕大的老鼠在墙洞里吱吱地狂叫，它们大胆地爬到我的身体上，对人的扑打和威吓无所畏惧。

我的四肢长出了多处无名肿块，奇痒难忍。燕郎每天用车前草的汁液替我涂抹患处。这是上苍的安排，现在连跳蚤也来欺侮我了。我不无辛酸地自嘲道。燕郎沉默不语，他用一块布条将药汁小心地敷在我的身上，动作轻柔而娴熟。其实你现在也可以欺侮我，我抓住了燕郎的手，以目光逼问着他，我说，为什么你不来欺侮我？燕郎仍然沉默不语，他的眼睛倏而一亮，随即变得湿润起来，我听见他深深地叹了口气，到了家就好啦，到了家陛下就不会遭受这些畜生的欺侮啦。

难以忘记乡村客栈的那些夜晚，疲乏困顿的赶路者在竹席上呼呼大睡，木窗外有月光漂浮在乡村野地之上，草丛里的夏虫唧唧吟叫，水沟和稻田里蛙声不断。燮国东部的夏季酷热难当，即使到了午夜，茅草和泥坯搭就的客栈里仍然热如蒸笼，我和燕郎抵足而睡，清晰地听见他短促的清脆的梦呓，回家，回家，买地，盖房。回到采石县老家无疑是燕郎的宿愿，那么我现在不过是一只被人携带回家的包裹了。一切都是上苍残酷的安排，现在我觉得乡村客栈里的每一个人都比我幸福快乐，即使我曾经是这个国家至高无上的帝王。

遭遇剪径的地点是在采石县以南三十里的地界上。当时天色向晚，燕郎把驴子牵到水沟边饮水，我坐在路边的石头上小憩了片刻。水沟的另一侧是一片深不可测的柞树林，我突然看见树林里飞起一片鸟群和乌鸦，有杂沓的马蹄声从远处滚滚而来，树叶摇曳之处可见五匹快马和五个蒙面的驭手，他们像闪电一样冲向燕郎和那头驮负着行囊的灰驴。

陛下，快跑，遇到路匪了。我听见燕郎发出了惊惶的叫声，他拼命地将驴子往官道上撵，但已为时过晚，五个蒙面的剪径者已经将他和驴子团团围住。抢劫是在短短的瞬间发生的，我看见一个蒙面者用刀尖挑开了驴背上的行囊，扔向另一个未下马鞍的同伴，因为面对的是两个柔弱无力的赶路人，整个过程显得如此简洁和轻松。紧接着蒙面者逼近燕郎，在三言两语的盘问之后撕开了燕郎的布衫，我听见燕郎用一种绝望而凄厉的声音在哀求他们，但蒙面者不由分说地从他的裤带上割下了那只钱褡，这时候我的头脑一片空白，我仍然端坐在路石上一动不动，我所知道的唯一现实是他们抢去了我的所有钱财，现在我们已经身无分文了。

五个劫路人很快拍马跑进了柞树林，很快就消失在平原的暮霭中。燕郎趴伏在水渠边久久不动，我看见他的身体剧烈地抽搐着，他在哭泣。那头受惊的灰驴跑到一边拉了一摊稀松的粪便，咳咳低鸣。我把燕郎从泥地里拉起来，燕郎的脸上混合着淤泥和泪水，看上去悲痛欲绝。

没有钱了，我怎么有脸回家？燕郎突然扬起巴掌左右扇打自己的耳光，他说，我真该死，我以为陛下还是陛下，我以为我还是什么总管大太监，我怎么可以把全部钱财都带在身上？

不带在身上又怎么带呢？只有一头驴，只有一件行囊，只穿了几件布衣短衫。我回首望了望平原的四周，以前只知道险山恶水多强盗，从来没听说平原官道上也有人干杀人越货的勾当。

我知道燮人穷困饥饿，人穷疯了杀人越货之事都干得出来，可我为什么没提防他们，为什么眼睁睁地看着我一生的积蓄流入强盗之手？燕郎掩面痛哭，他踉踉跄跄地朝驴子奔过去，双手抚摸着空无一物的驴背，什么都没有了，他说，我拿什么孝敬父母，拿什么买房置地，拿什么伺候陛下？

被劫的打击对于我只是雪上加霜而已，对于燕郎却是致命的一击。我不知道该怎样安慰他，恍惚中看见驴蹄踩踏着一卷书册，册页已经散落，局部沾有暗绿色的驴粪。那是离开大燮宫前匆匆收进行囊的《论语》，看来那是被劫匪从金银珠宝间扔出来的，现在它成了我唯一幸免于难的财物。我慢慢拾起那册《论语》，我知道它对我往后的庶民生涯毫无实用价值，但我知道这是另外一种天意，我必须带着《论语》继续流亡下去。

傍晚天色昏暝，乌云低垂在采石县低矮密集的民居屋顶，大雨欲下未下，一些肩挑菜蔬果筐的小贩在街市上东奔西撞。我们满身灰土囊空如洗地回到燕郎的老家，临近白铁市有人认出了燕郎，端着饭碗的妇人在门檐下朝驴背上张望，用木筷朝燕郎指指戳戳，夹杂着一番低声的议论。他们在说你什么？我问牵驴疾行的燕郎，燕郎面含窘色地答道，他们说驴背上怎么是空的，怎么带了个白面公子回家，他们好像不知道京城里的事情。

燕郎的家其实是一爿嘈杂拥挤的铁器作坊。几个裸身的铁匠在火边忙碌，热汗淋漓，作坊里涌出的热气使人畏缩不前。燕郎径直走到一个忙于淬火的驼背老铁匠身边，屈膝跪下，老铁匠深感茫然，他明显是没有认出这个离家多年的儿子，客官，有话只管说，老铁匠扔下手中的火钳扶起燕郎，他说，客官是想打一柄快刀利剑吗？

爹，是孩儿燕郎，是燕郎回家来了。我听见燕郎的哽咽，铁器作坊里的人都放下活计，拥到燕郎的身边。里屋的布帘被猛力卷起，一个妇人衣襟半敞，怀抱着哺乳的婴儿风风火火出来，嘴里狂喜地嚷着，是燕郎回家了吗？是我儿燕郎回家了吗？

你不是燕郎，我儿燕郎在大燮宫里伺候皇上，如今他已经飞黄腾达，吃的是珍禽美味，穿的是绫罗绸缎。老铁匠端详着脚下的燕郎，脸上露出不屑的笑容，他说，客官别来骗我，你衣衫褴褛，满脸晦气，你怎么会是我儿燕郎？

爹，我真的是燕郎，不信你看看我腹上的红胎记。燕郎掀开了布衫，又转向他母亲磕了头，他说，娘，你该认识这块红胎记，我真的是你们的孩儿燕郎。

不，腹上有红胎记的人很多。老铁匠仍然固执地摇着头，我不相信你是燕郎，假如你要打一把杀人用的暗器，我会答应的，可是我不能让你假冒我儿的声名，你还是趁早滚开吧。老铁匠说着操起一把板斧，他朝燕郎踢了一脚，怒吼道，滚吧，别让我一斧结果了你的狗命。

我站在对面的铺子门口，隔街看着铁器作坊里意想不到的一幕。燕郎跪在地上已经泣不成声，我看见他猛然脱下了布裤，狂乱地叫喊起来，爹，看看这个吧，是你用热刀亲手阉了我，现在你该相信我是燕郎啦。

紧接着是铁匠夫妻和燕郎相拥恸哭的凄凄一刻，白铁市的那些铁器作坊的锻铁声戛然而止，许多裸身的或围着布兜的铁匠挤到燕郎家门口，热情观望父子重聚的每个细节。铁匠父亲一掬老泪，仰天长叹，都说你会衣锦还乡，买地盖房，修坟筑庙，谁想到你还是空着手回来了。老铁匠擦拭着浑浊发红的眼睛走回大铁砧旁,他一边拾起中断的活计一边说,以后可怎么办?一个废人,肩不能担,手不能提,以后只能靠爹养着你了。

没有人注意到我的存在,我站在门外等候燕郎召唤时雨终于瓢泼而下,白铁市的黄泥路面升起一片泥腥味的尘雾,堆放于露天的铁器农具上响起细碎的雨声。雨点打在我的脸上布衫上,我从这个屋檐跑到那个屋檐,拿雨伞来,快拿雨伞来。我朝四周的人群习惯性地叫喊着,那些人都用一种好奇的莫名惊诧的目光望着我,他们或许以为我是个疯子。最后仍然是燕郎帮助我横越了雨中的街市,燕郎的家里没有雨伞,心急慌忙之中他拿来了一只黑漆漆的大锅盖,就这样我头上顶着锅盖走进了铁器作坊。

作坊里的工匠们都称我为柳公子。白铁市所有的人,包括燕郎的父母对我的来路颇多猜测和议论,但他们都跟随燕郎称我为柳公子。我想人们不会轻信燕郎关于我到此躲避婚约的陈述,但我真正的身份也超出了这些庸常百姓的想象范畴。

每天早晨在锻铁的丁当声中醒来,不知身在何处,有时依稀看见清修堂的玉炉花窗,有时觉得自己仍在驴背上颠沛东行,及至睁眼看清草席旁堆放的新旧铁器农具,才知道命运之绳把我牵到了这个寒碜劳碌的庶民家庭。隔着木窗可以看见燕郎正蹲在后院的井台边洗衣，木盆里都是我换下来的被汗水泡酸了的衣裤。初到铁器作坊的几天，那些衣物都是由燕郎的母亲洗濯的，但后来她把我的衣物从木盆里扔了出来，妇人尖刻的指桑骂槐的声音使我如坐针毡。

我还呆在这里干什么？我绝望而愤怒地看着燕郎说，你把我千里迢迢带到你家，就是为了让我来受一个毒舌妇人的辱骂？

都怪我把钱拱手送给了劫匪，假若钱财不丢的话，我母亲不会对陛下如此无礼。燕郎提到遇劫之事仍然捶胸顿足，他始终认为那是我们尴尬处境的根源。燕郎白皙饱满的面容经过一番艰难旅程之后已经又瘦又黄，那种茫然的孤立无援的表情令我想起多年前初进燮宫的八岁阉宦。燕郎好言劝慰我，他说，陛下，看在我的面子上，别跟我母亲计较。她从早到晚地干活，照看我的弟妹，她满心指望我在宫里飞黄腾达衣锦还乡，没想到我回家身无分文，还带回一张吃饭的嘴。她有怨气，她应该有怨气。燕郎端着一碗黍米粥，他的脸因痛苦而抽搐起来，我看见他的身体和手突然摇晃着，粥碗砰然打翻在地，老天，现在让我怎么办？燕郎掩面而泣，难道你们不知道我只是个阉竖，只是个无能的、看人眼色的、不男不女的阉竖，陛下在位我尽忠尽力，陛下倒霉我仍然陪伴左右，老天，我还能怎么办呢？

燕郎的言行出乎我的意料，我确实习惯于将他作为某种工具来使用。我几乎忘记了他对我的忠心是出于一种习惯一种禀性，忘记燕郎是个聪敏的来自庶民阶层的孩子。我怀着复杂的悲悯之情注视着燕郎，想起多年来与他结下的那份难言的深情，它像一条杂色绸带，绘满互相信任、互相利用、互相结盟或许还有互相爱慕的色彩，它曾经把一个帝王和一个宦官缠绑在一起。现在我清醒地意识到这条绸带已经濒临绷断的边缘。我的心有一种被利器刺击的痛楚。

难为你了，燕郎。现在我跟你一样，是个前程无望的庶民。你无须像过去一样跟随我照料我了。也许现在到了我学习做一个庶民的时候了，现在该是我重新上路的时候了。

陛下想去哪儿？

去找杂耍班子，去拜师走索，你怎么忘了？

不，那只是一句玩笑，堂堂天子之躯怎能混迹于艺人戏班之中？假如陛下一定要上路，就去天州投奔南藩王或者就到孟夫人的兄弟孟国舅府上去吧。

我已无颜再回王公贵族之家，这是天意，老天让我卸下龙袍去走索。从我离开宫墙的一瞬间就决定了，杂耍班子将是我最后的归宿。

可是我们一路上未见杂耍班子的踪影,卖艺人行踪飘忽不定,陛下上哪儿去找他们呢?

朝南走,或许是朝西南走,只要我依从命运的指点,总能找到他们。

看来我已无法留住陛下,我只有跟着陛下再次上路了。燕郎哀叹一声,转身到屋角那里收拾东西,他说,现在就该收拾我们的行装了,还得去筹借路上的盘缠;我想还是到孟国舅府上去借吧,他是采石县地界上最有钱的户头了。

什么都不用了。不要上孟府借钱,也不要你再跟着我,让我独自上路,让我过真正的庶民的生活,我会活下来的。

陛下,你想让我留在家里?燕郎用一种惊惶的目光注视着我,陛下,你在责怪我照顾不周吗?燕郎再次呜咽起来,我看见他瘫软地跪下去,双掌拍打着一块铁皮,可是我怎么能长久地呆在家里?假如我是个真正的男人,可以娶妻生子成家立业,假如我有很多钱可以买地盖房使唤奴仆,我可以留在家里,可是我现在什么也没有,燕郎跪行过来抱住我的双膝,他抬起泪脸说,陛下,我不想赖在家里靠父母养活,我也不想再到路上受尘旅恶道之苦,可我想永远地在陛下身边伺候左右,祈盼有朝一日陛下重振雄风,既然这份念想也化为乌有,那燕郎只有死路可走了。

我看见燕郎踉跄着冲出卧房,穿过了忙碌的热气腾腾的铁器作坊往街市上跑。燕郎的父亲在后面喊,你跑什么?往阴曹地府赶吗?燕郎边跑边说,就是往那儿赶,我该往那儿赶了。

我跟着铁匠们跑出作坊追赶燕郎,一直追到河边。燕郎从一群洗衣的妇人头上跳进了水中,水花溅得很高,岸边的人群发出一阵狂叫。我看见了燕郎在水中挣扎呼号的景象,铁匠们纷纷跃入水中,像打捞一条鱼一样把他捞到一只洗衣盆里,然后无声地将木盆推上岸来。

燕郎的铁匠父亲把溺水的儿子抱在怀中,他的苍老的紫色脸膛沉浸在哀伤之中。可怜的孩子,都是我造的孽吗?老铁匠喃喃自语,他把燕郎翻了个身倒背在肩上,推开围观者朝作坊走,他说,看什么呢?你们是想看我儿子的××吧?想看就扒开他的裤子看看吧,没什么稀罕的。老铁匠边走边用拳头拍打着燕郎的后背,燕郎的嘴里冲下来一股水汁,沿路滴淌过去,旁边有人说,这下小太监又活过来啦。老铁匠依然用他的办法拍打着儿子往家里走,走到我身边时他站住了,他用一种充满敌意的目光逼视我,你到底是谁?老铁匠说,难道我儿子是你的女人吗?你们两个人的事真让我恶心。

我不知该如何看待燕郎这种妇人式的寻死觅活，有时候我也觉得我们之间的关系有令人恶心的一面，它符合大燮宫的逻辑，但在采石县的白铁市却是不合时宜甚至为人不齿的，我不知该怎么向铁匠们解释事情的前因后果，我只是希望燕郎不要就此死去。燕郎后来一直躺在草席上，他母亲用一块婴孩的红围兜遮挡他的羞处，我看着燕郎吐尽腹中的积水慢慢苏醒，他醒来的第一句话是，我好可怜，我好卑贱，我到底是个什么东西？

趁着铁器作坊的纷乱气氛，我悄悄从后窗爬了出去。窗外是白铁市的一条死巷，堆满了柴火和锈迹斑斑的农具，在农具堆里我看见一把锋利的小锥刀，不知是谁藏匿在此还是被作坊丢弃的，我抽出了那把小锥刀插在裤腰上，走到街市上，燕郎怨天尤人的声音仍然在耳边回响，我到底是个什么东西？燕郎的可怜和卑贱似乎是与生俱来的，那么与燕郎相比，我又算个什么东西呢？也许只有翰林院的大学士们才能说得清楚了。

我在采石县的街头徘徊着寻找当铺，在街头的测字先生告诉我本县没有当铺，他问我准备典当什么宝物，我把挂在胸前的豹形玉玦亮给他看，那测字先生的独眼霎时亮了亮，他抓住我的手说，公子的稀世宝玉从哪儿来的？

家传的。祖父传给父亲，父亲传给我，我异常镇静地反问道，你想买这块宝玉吗？

豹形美玉大凡都出自京城王宫，恐怕是公子从宫中偷来的吧？测字先生仍然紧抓我的手，独眼试探着我的反应。

偷来的？我无可奈何地笑起来，大概是偷来的吧，偷来之物可以廉价卖给你，你想买这块宝玉吗？

公子想卖多少钱？

不多，只要够我一路的盘缠花费就行。

公子想去哪里？

不知道，要走着看，我在找一家从南方过来的杂耍班子。你见过他们从此地路过吗？

杂耍班子？公子是个卖艺之人吗？测字先生松开我的手，绕着我走了一圈，有点狐疑地说，你不是卖艺人，怎么我从你身上看到一股帝王之气呢？

那是我的前世，你没看见我现在急着卖掉这块宝玉换取路上的盘缠吗？我低头看了看测字先生的钱箱，箱里的钱不多，但估计也够我在路上用几天了，于是我摘下了那块从小佩戴至今的燮宫珍宝，放在一堆卦签上。卖给你吧，我对测字先生说，我只要这么多钱。

测字先生帮我把箱里的银子倒进空瘪的钱褡里，当我背着钱褡匆忙离开测字摊时，听见后面传来测字先生令人震惊的声音，我知道你是谁，他说，你是被废黜的燮王。

我吓了一跳，测字先生神奇的鉴别能力把我吓了一跳，正如民谚所说，采石自古多奇人。我不得不相信采石县这个地方确实不同一般，采石人氏中不仅有权倾一时的母后孟夫人，不仅有云集丹墀的宠宦艳妃，还有这样的料事如神的测字先生。我意识到它对我并非福音，我必须尽早离开这个危险的地域。

那天采石县街头弥漫着风声鹤唳的异常气氛，街市上人心惶乱，车马东奔西窜，一队紫衣兵丁从县衙门里潮水般地涌出来，直奔县城东北角的十字街。起初我下意识地躲在路边，唯恐兵丁们的行动是针对我而来的，唯恐测字先生给我惹来杀身之祸。兵丁们通过之后我听见有人用一种狂喜的声音在叫喊，去孟国舅府上啦，孟府要挨满门抄斩啦。

我终于释然，同时有一点羞惭。我想一个流落异地靠典卖玉玦为生的帝王没有什么可害怕的了。我戴上竹笠在午后的烈日下行走，突然想起即将遭受灭顶之灾的孟国舅其实是我的嫡亲。我知道采石县孟府在孟夫人的庇护下也曾显赫一时，孟府中藏有许多燮宫珍宝，那是孟夫人用三条大船偷运过来的。初到采石地界时我羞于造访孟国舅，而现在一种古怪的阴暗的心情迫使我跟随在那群紫衣兵丁身后，我想去看看端文和西王昭阳是如何向前朝显贵兴师问罪的。

孟府门前壁垒森严，兵丁们堵住了街巷两侧的出口，我只能站在十字街街口的茶馆门前，混迹于一群喝午茶的男人中间朝孟府张望。远远地能听见那座高墙大院内凄厉的妇人们的哭叫声，有人被陆陆续续推出青狮朱门之外，已经是木枷在身了。挤在茶馆门前的茶客中有拍手称快的，嘴里连声嚷着，这回解恨了，这回采石地界就安宁了。我惊异于茶客这种幸灾乐祸的言行，我问他，你为何如此仇视孟国舅呢？那个茶客对我的问题同样觉得惊异，他说，公子问得奇怪，孟国舅狗仗人势鱼肉乡里，每年冬天都要用婴儿的脑花滋补身体，采石县谁人不知谁人不恨呢？我沉默了一会儿又问茶客，斩了孟国舅采石县真的就安宁了吗？茶客说，那谁知道呢？赶走了猛虎又会有恶狼，不过布衣百姓管不了许多，这个世道就是这样，富人希望穷人穷死，穷人没办法，只能指望富人暴死啦。

我无言以对，为了不让茶客们发现我的窘迫，我将目光转向了那支狼狈的奔赴刑场的孟氏家族的队伍。那是我平生第二次看见我的舅父孟得规，第一次是在我和彭氏的大婚庆典上，寥寥一番应酬，我对他几乎没有留下什么印象，想不到与孟得规再次相遇竟然是此情此景，我不由得悲从中来，悄然闪到茶馆的窗后观望着孟得规走过。他的眼睛里闪烁着一种绝望而激愤的目光，气色憔悴晦暗，唯有肥胖的体态让人联想到婴儿的脑花。

有人朝孟得规的身上吐唾沫,孟得规的脸上很快就溅满了众人的唾沫,我看见他的头在木枷圈里徒劳地转动,想寻找那些吐唾沫的人,我还听见他最后的无可奈何的狂叫声,不要落井下石,我死不了,吐唾沫的人一个也跑不掉。你们等着我回来,回来吸干你们的脑花。

十字街上的骚动渐渐平息了,茶客们纷纷返回茶馆里,伙计往陶壶续上了刚煮沸的热水。我仍然站在窗前,回味着刚刚逝去的噩梦般的现实。可怜,可怜的生死沉浮。我的感慨一半是指向奔赴刑场的孟氏家族,另一半无疑是自我内心的流露。茶馆里的热气和茶客们身上的汗味融合在一起,有只母猫衔着一只死鼠从我脚边悄悄溜走。这么嘈杂而充满杀机的街边茶馆,这么炎热的血腥的夏日午后,我急于离开茶馆和里面怨气冲天的茶客,但我的腿突然迈不动了,整个身心像一团棉花无力地飘浮在茶馆污浊的空气之中,我怀疑我的热病又要发作了,于是我在身边的那张矮凳上坐下,祈祷先帝的圣灵保佑我的身体,别让我在逃亡的路上病倒。

矮小的侏儒似的伙计跑到我身边,端来一只油汪汪的茶壶,我向他摇了摇头,这么热的天,我无法像本地茶客那样将油腻的茶水咽进腹中。矮伙计看看我的脸,将一只手搭上我的前额，公子是在发热呢，他说，这可巧啦，梅家茶馆的热茶专治惊风发热，公子喝上三壶梅家茶保你茶到病除。我懒得和巧舌如簧的伙计说话，于是我又点了点头，我想我只是需要休息一下，这样就得为一壶茶水付出钱褡里的一文碎银。以前我从来没有与世俗之人打交道的经历，但我知道在以后的路途上他们将像苍蝇一样麇集在我的周围，我怎样穿越而行？这对于我同样是个难题，因为忠心的奴仆燕郎已经被我抛在铁器作坊里了。

我伏在临窗的那只白木方桌上似睡非睡。我讨厌那群在炎夏酷暑大喝热茶的男人。我希望他们不要再说那些狎昵淫荡的故事，不要放声大笑，不要用刻毒的语言嘲弄厄运中的孟氏家族，也不要散发着汗味和脚臭，但我知道这不是在昔日的大燮宫，我必须忍受一切。后来我迷迷糊糊听见一些异乡来客谈起了京城动荡的政局，他们提到了端文和昭阳的名字，说起近日发生于大燮宫内的那场火并。我非常惊诧地听到了西王昭阳被诛的消息。

老的斗不过少的，端文在繁心殿前一刀砍下了昭阳的首级，当天就颁诏登基了。一个茶客说。

端文卧薪尝胆多年，为的就是那顶黑豹龙冠，如今过了河就拆桥，他不会与昭阳合戴一顶王冠的，此举不出我所料。另一个茶客说,依我看昭阳是老糊涂了,一世英名毁于一旦,死了还背上一口洗刷不尽的大黑锅。

我直起腰望着茶客们眉飞色舞或者忧国忧民的脸,心里判断着这个消息的真伪程度,然后我听见他们提到了我,小燮王现在怎么样呢?矮伙计问。能怎么样?来自京城的客商说,也是身首异处,死啦,死在御河里啦。客商站起来用手背抹颈,做了一个人头落地的动作。

我又被吓了一跳,热病的症状就在这时突然消失了,我抓起了地上的行囊冲出梅家茶馆,朝远处的县城城门一路狂奔过去。我觉得头顶上的骄阳白光四射,街市上的路人像鸟雀一样仓皇飞散,这个世界已经不再归属于我,它给我腾出的是一条灼热的白茫茫的逃亡之路。

七月流火,我穿着一双破烂的草履穿越燮国的腹地,途经柏、云、墨、竹、莲、香、藕三州四县,这一带河汊纵横,青山绿树,景色清丽宜人。我选择这条逃亡路线其实就是为了饱览被文人墨客不断赞美的燮中风景,那些夜晚我在客栈的豆油灯下铺墨吟诗,留下十余首感怀伤情之作,最后集成《悲旅夜笺》。我觉得这样的诗兴显得可笑而不可理喻,但是借以消磨旅途之夜的除了一册破破烂烂的《论语》,也只有泪洒诗筸了。

　　在莲县乡村清澈的水塘边，我看见我的脸在水面上波动、摇晃、变形，黝黑的农夫般的肤色和肃穆的行路人的表情使我不敢相信，我的外形已经变成一个真正的庶民。我试着对水塘笑了笑，水面上的脸看上去很古怪很难看，然后我又哭丧着脸贴近水面，那张脸霎时变得丑陋之极，我下意识地闭上眼睛，离开了明镜似的水塘。

　　路上不断有人问，客官去哪里？

　　去品州。我说。

　　去品州贩丝绸吗？

　　不贩丝绸，是贩人，我说，是贩我自己。

　　从东部的平原到西部的丘陵，去品州的路途上随处可遇离乡背井的灾民。他们从西南泛滥的洪水里逃出来，或者由干旱的北部山区盲目地南迁，沿途寻找新的生息之地，他们神色凄惶，男女老幼拥挤在路边的树林和荒弃的土地庙里，孩子们疯狂地抢夺母亲手里的番薯，瘦骨嶙峋的老人躺在泥地上，有的鼾声如雷，有的却在高声地咒骂着他们的亲人。我看见一个壮汉将肩上的箩筐倾倒在路上，是一堆湿漉漉的枯黄色的棉花，他用一把木杈把湿棉花均匀地摊开，大概是想趁烈日把那些棉花烤干。

这么热的天,你要这些棉花有什么用呢?我跳过那摊棉花,无意中问那个汉子,你们峪县的洪水真的很可怕吗?

全都让洪水冲走了,辛苦了一年,只捞起这一筐棉花。汉子木然地翻动着湿棉花,他看了我一眼,突然抓起一簇送到我面前,多么好的棉花,假如晒干了是多么好的棉花,他把那簇棉花硬塞到我的手里,冲我叫喊道,你买了这筐棉花吧,只要给我一个铜板,不,只要给我孩子几块干粮,求求你买了这筐棉花吧。

我要这些棉花有什么用?我苦笑着推开了壮汉的手,我说,我和你们一样也在逃难。

那个壮汉仍然拦住我,他朝不远处的树林瞭望着,然后提出了另一个惊人的要求,客官想买个孩子吧,他说,我有五个孩子,三男二女,你花八个铜板就可以去挑一个,别人家的孩子要九个铜板,我只要你八个。

不,我不要孩子,我想把自己卖给杂耍班去,怎么能买你的孩子?

我挽紧肩上的钱褡夺路而逃,逃出去好远还听见那个汉子失望的粗鲁的叫骂声。对于我来说这几乎是一次奇遇,竟然有人以八个铜板的价格卖儿鬻女,我觉得整个燮国都已陷入了一种疯狂的境地。那个汉子绝望而疯狂的瘦脸后来一直印刻在我的回忆中。

香县小城在燮国历史上一直是著名的声色犬马之地。即使是动荡的灾难年月，小城的妓寮歌楼里仍然红灯高挂，弦乐笙箫此起彼伏。走在狭窄的挤满行人车马的石板路上，可以闻见闷热的空气里弥漫着脂粉气息，浓妆艳抹的风尘女子就靠在临街的楼栏上，吟唱民间小调或者嘻嘻傻笑，向楼下每一个东张西望的男子卖弄风情。傍晚的香县街巷里充满了纵情狂欢的气氛，拉皮条的男子在路口守候着富户子弟，在空闲的时候他们跑回来，驱赶那些睡在妓楼门前的乞丐和逃荒的灾民。你们可真会挑地方睡。他们的声音听上去是快乐而滑稽的。有人从车马上下来，挑挑拣拣地摘走某只写有人名的灯笼，然后提着灯笼往楼上走，然后在一片轻歌曼舞中响起鸨母夸张的喜悦的喊声，宝花儿，来客啦。

我知道我不应该绕道十里来这儿投宿，到香县的低等青楼来重温燮宫艳梦是可笑而可悲的，也是不合时宜的。但我的脚步却急迫地在香县街头踟蹰，希望寻觅一个廉价而柔美的梦床。假如我知道会有这段令人伤心的邂逅巧遇，我决不会绕道十里投宿香县，但我恰恰来了，恰恰走进了凤娇楼。我想这是上苍对我最严厉的嘲弄和惩罚。

我听见一扇房门在身后吱呀呀地打开了,一个歌伎探出美艳的涂满胭脂的脸,眼睛直直地盯着我看,她说,陛下认不出我了吗?来吧,到房里来,你好好看看我是谁。我记得我大叫了一声,我想朝楼下跑,但我的钱褡被她从后面拽住了,别跑陛下,我不是鬼,她说,你来吧,我会像在大燮宫一样伺候你,不要你一文钱的。

她是蕙妃,她真的是我魂牵梦萦的蕙妃。

你在楼下转悠那会儿我就认出你了,我只是不敢相信,我想你如果上楼来,你就是我的陛下,如果你走了,就只是一个貌似陛下的过路客,可是你真的上楼了,我相信我昨天做的梦应验了。陛下真的到凤娇楼来了。

这不是真的,是一场噩梦。我抱住沦为娼妓的蕙妃大声呜咽起来,我想说什么,喉咙却被一种巨大的悲哀堵住了,无法用语言述说,蕙妃用丝帕不停地擦拭我脸上的泪水,她没有哭,嘴角上浮现的若有若无的微笑令我惶惑。

我知道你为什么哭。蕙妃说,当初彭后把我逼出大燮宫,现在端文把你赶出了大燮宫,我离宫时眼泪早已流干,陛下现在不该再惹我伤心了。

我止住哭泣,于泪眼蒙眬中打量着怀中的女子,这样鬼使神差的相遇，这样天摇地动的巧合，我仍然怀疑身处噩梦之中。我拉开蕙妃的水绿色小褂，找到了后背上那颗熟悉的红痣，这时候我突然想起一个令人不解的问题，你应该在连州的尼姑庵里诵佛修行，我用双掌托起蕙妃的脸部，朝左边晃了晃，又朝右边晃了晃，大声问道，你怎么会在这里卖笑卖身呢？

我在庵堂里睡了七天，到第八天怎么也睡不着，睡不着就跑出来了。

为什么要跑？为什么要跑到这种地方来呢？

到这里来等陛下再度宠幸。蕙妃突然猛力甩开了我的手，现在她的脸上出现了一种讥嘲的冷笑。都说燮王正往彭国逃亡，都说燮王要去彭国求兵返宫，谁会想到一个亡国之君还有这份雅兴到妓馆青楼来寻欢？蕙妃走到梳妆台前，对着铜镜往脸上扑打粉霜，她说，我是个不知羞耻的女子，可是看遍宫里宫外世上男女，又有谁知道羞耻呢？

我的双手茫然地滞留在半空，感到一种致命的虚弱。蕙妃的反诘使我哑口无言。在难耐的沉默中，我听见门外有人活动，一只盛满热水的木盆被谁从门缝里推了进来。

九姑娘，天快黑啦，要掌灯啦。外面大概是鸨母在喊。

她在对谁说话？我问蕙妃。

我，我就是九姑娘。蕙妃懒懒地站起来走到门边。我看见她朝门外探出半个身子。不着急，蕙妃说，挑起蓝灯笼吧，客人要在这里过夜。

两年后问世的《燮宫秘史》对我和蕙妃相遇凤娇楼的事件作了诸多夸张和失实的描写，书中记载的痴男怨女悲欢离情只是无聊文人的想象和虚构，事实上我们劫后相遇时很快变得非常冷静，互相之间有一种隐隐的敌意，正是这种敌意导致我后来不告而别，悄然离开了沦为娼妓的蕙妃和乌烟瘴气的凤娇楼。

我在凤娇楼羁留的三天，楼前始终挂着谢绝来客的蓝灯笼。鸨母明显不知道蕙妃从前的身份，更不知道我是一个流亡的帝王，她从蕙妃手上接过了数量可观的包金，于是对我的富商身份坚信不疑。我知道蕙妃用了青楼中最忌讳的倒补方法，才得以使我在这一掷千金的地方洗去路上的风尘。

问题最终出在我的身上，一番云雨缱绻过后我对身旁的这个丰腴而白皙的肉体半信半疑，我总是能在蕙妃身上发现别的男子留下的气味和阴影。它几乎让我痛苦得发狂。而且蕙妃的做爱方式较之宫中也发生了根本的变化，我想是那些粗俗下流的嫖客改变了这个温情似水的品州女孩，曾经在御河边仿鸟飞奔的美丽动人的女孩，如今真的像飞鸟似的一去不返，留下的只是一具沦落的隐隐发臭的躯壳。

　　记得第三个夜晚月光皎洁，窗外青楼密集的街巷已经阒寂无声，绣床上的蕙妃也进入了梦乡。我轻轻抽掉了蕙妃手中的红罗帕，就在香县夏夜的月光下，就在那块红罗帕上，我为蕙妃写下了最后一首赠别诗，留在她的枕边。我记不清这一生写了多少秾词艳诗，但这也许是最为伤感的一阕悲音，也许将是我一生最后一次舞文弄墨了。

　　《燮宫秘史》把我描绘成一个倚靠弃妃卖笑钱度日的无能废君，而事实上我只是在香县停留了三天，事实上我是去品州城寻找一家杂耍班子的。

　　旅途上总是可见飞鸟野禽，它们在我的头顶上盘旋，在路边的水田里啄食尚未成熟的稻谷，甚至有一只黄雀大胆地栖落在我的行囊上，从容不迫留下了一粒灰白的粪便。我少年时代迷恋蟋蟀，青年时代最喜爱的生灵就是这些自由驰骋于天空的飞鸟。我可以叫出二十余种鸟类的名字，可以鉴别和模仿它们各自的啼鸣之声，寂寞长旅中我遇见过无数跟我一样独自行路的学子商贾，我从不与他们交谈，但我经常在空寂的尘道上尝试与鸟类的通灵和谈话。

亡……亡。我朝着空中的飞鸟呐喊。

亡……亡……亡。鸟群的回应很快覆盖了我的声音。

对于鸟类的观察使我追寻杂耍班子的欲望更加强烈，我发现自己崇尚鸟类而鄙视天空下的芸芸众生，在我看来最接近于飞鸟的生活方式莫过于神奇的走索绝艺了，一条棕绳横亘于高空之中，一个人像云朵一样升起来，像云朵一样行走于棕绳之上，我想一个走索艺人就是一只真正的自由的飞鸟。

临近品州城郊，我察觉到周围的村庄笼罩着一种异样的气氛，白色的丧幡随处可见，吹鼓手们弄出的杂乱尖锐的音乐远远地传到官道上，昔日车水马龙的品州官道行人寥寥，这也加深了我的疑虑。我所想到的第一个灾祸是战争，也许是新登基的端文和西王昭阳的旧属所进行的反戈之战。但是出现在我视线尽头的品州城毫无战争迹象，落日余晖下城池宁静肃然，青灰色的民居、土黄色的寺庙和高耸入云的九层宝塔仍然在夏日蒸腾神秘的氤氲之气。

有一个少年举着长长的竹竿围着几棵老树转悠，我看见他将竹竿举高了对准树上的鸟巢，人疯狂地跳起来，嘴里骂着脏话，一只用草枝垒成的鸟巢纷纷扬扬地坠落下来，紧接着少年又捣下了一只，他开始用竹竿把巢里的东西挑起来，我看见一堆破碎的鸟蛋落在土路上，更远的地方则是一只羽毛脱落肚腹鼓胀的死鸟。少年的古怪的举动引起了我的注意，我跳过沟壕朝他跑过去，我发现少年停止了动作，他睁大惊恐的眼睛注视我，手里的竹竿调转方向朝我瞄准。

别过来，你身上有瘟疫吗？少年向我喊叫着。

什么瘟疫？我茫然不解地站住，朝身上看了看，我说，我怎么会有瘟疫？我是想问你这里到底发生了什么事？你为什么平白无故地去捣毁鸟巢？难道你不认为鸟是最伟大的生灵吗？

我恨这些鸟。少年继续用竹竿挑鸟巢里剩余的东西，是一摊风干的碎肉和一截发黑的不知是哪种牲畜的肠子，少年边挑边说，就是它们传播了品州城里的瘟疫，我娘说就是这些鸟把瘟疫带到村里，害了爹和二哥的性命。

直到此时我才知道品州城的灾难是一场特大的瘟疫。我怔然站立在少年面前久久无言，回首再望远处的品州城，似乎隐约看见了无数丧幡的白影，现在我意识到城池上空神秘的氤氲其实是一片灾难之光。

城里打了十一天的仗，听说是新燮王和北王的儿子打，留下几千具士兵的尸体，尸体就堆在路上，没人把他们运到乱坟岗去，天气这么热，尸体都发烂发臭了。少年终于扔掉了手里的竹竿，他似乎已经解除了对我的戒备，饶有兴味地描摹着这场瘟疫，他说，尸体都发烂发臭了，苍蝇和老鼠在死人肚子里钻来钻去，还有这些鸟也成群地往城里飞，畜生都喂饱了肚子，瘟疫就流行开了。你懂了吗？瘟疫就是这样开始流行的。品州城里已经死了好多人，我们村里也死了好多人，前天我爹死了，昨天我二哥死了，我娘说过几天我们母子俩也会死的。

你们为什么不趁早离开此地？为什么不逃呢？

不能逃。少年咬着嘴唇，眼里突然沁出一滴泪珠，他垂下头说，我娘不让我逃，她说我们得留在家里守丧节孝，一家人要死就死在一起。

我莫名地打了个寒噤，我朝那个守丧少年最后望了眼，然后疾速奔上了官道。少年在后面大声说，客官你去哪里？我想告诉他，我艰难跋涉了一个夏天，就是为了来品州寻找杂耍班的踪迹，我想告诉他一切，但晦涩深奥的话题已经无从说起。那个少年站在一座新坟和几杆丧幡之间，充满歆羡的目光送我离开灾难之地。我能对他说什么？最后我模仿鸟类的鸣声向他作了特殊的告别：

亡……亡……亡。

我无缘再度抵达品州城，现在我丧失了目的地，整整一个夏天的旅程也显得荒诞和愚不可及。当我站在岔路口茫然四顾选择漂泊的方向时，一辆马车从品州城那里疯狂地驶来，驭手是一个赤裸着上身的男子，我听见他的古怪的激昂的歌声，活着好，死了好，埋进黄土最好。马车奔驰而来，驭手头顶上麇集着一群黑压压的牛蝇，我终于看清楚车上装载的是一堆腐烂的死尸，死尸中有战死的年轻士兵，也有布衣百姓，堆在顶层的是一个五六岁的孩子，我注意到死孩子的怀里紧紧抱着一把青铜短剑。

驭手朝我抡响了马鞭，他莫名地狂笑着说，你也上车来，都上车吧，我把你们一起送到乱坟岗去。我下意识地退到路旁，躲开了那辆横冲直撞的运尸车。驭手大概是个疯子，他仰天大笑着驾车通过岔路口，马车跑出去一段路，驭手突然回身对我喊，你不想死吗？你要不想死就往南走吧，往南走，不要停留。

往南走，也许现在只能往南走了。我的逃亡路线现在已经混乱不堪。我在通往清溪县的路上跌跌撞撞地走着，头脑中空空荡荡，只剩下走索艺人脚下的那条棕绳，它在我的眼前上下跳动，像一道浮游的水波，像一条虚幻的锦带，像黑夜之海的最后一座灯塔。

2

在清溪县的宝光双塔前,我发现了杂耍戏班在此卖艺留下的痕迹,地上的一摊猴粪和一只残破的蹬技艺人常穿的红毡靴。我向守塔的僧侣询问了杂耍戏班的去向。僧侣的回答是冷淡而不着边际的,他说,来了,又走了。我问他往哪儿走了,他说,清净之目何以看见俗物的去向?你去问集市上的游逛者吧。

我转身到果贩那里买了几只木梨。幸运的是果贩与我一样热衷于南方的杂耍绝艺,他津津乐道地描述了几天前那场精彩的演出,最后他用秤杆指指南部说,可惜他们只在清溪演了一天,说是还要往南去,班上说要找到一个清平世界安营扎寨,哪儿是清平世界呢?果贩叹了口气,他说,封国现在最太平了,他们大概往封国去了吧。好多人都在往那儿跑,只要你有钱买通边界上的守兵,你就可以逃离该死的燮国了。

我用拾来的小锥刀把木梨劈成两半,一半塞进嘴里,另一半扔到地上，果贩诧异地望着我，他也许发现我吃梨的方式非同一般。你怎么会迷上杂耍班呢？果贩说，看你吃梨的样子倒像京城里的王公贵族。我没有解答果贩的疑问，我在想我的这场千里寻梦注定是充满悲剧色彩的，作为对我苦苦追寻的回报，那个流动的杂耍戏班已经越过国境进入了封国，他们离我越来越远了。

走就走吧，这没什么。我喃喃自语道。

客官你说什么？果贩好奇地盯着我问。

你喜欢走索吗？我对果贩说，你记住，总有一天我会成为世上最好的走索艺人。

我回到了宝光塔前面的广场，在寺庙的石阶上坐到天黑，前来烧香拜佛的善男信女渐渐归去，僧侣们正忙于清扫炉鼎里的香灰和供桌上的残烛，一个僧侣走到我身边说，明天早晨再来吧，第一个香客总是鸿运高照的。我摇了摇头，我想告诉他祭拜之事对于我已经失去任何意义，我面临着真实的困境，虔诚的香火救不了我，能救我的只剩下我自己了。

黑夜来临，清溪县归于寂静和凉爽之中，这里的空气较之品州地域洁净了许多，隐隐地飘来薄荷草和芝兰的清香，我想这是因为清溪县北面的湖泊和群山阻隔了品州城的瘟疫之毒。现在一个宁静而普通的夜晚似乎来之不易了，我感到一种沉沉的睡意，朦朦胧胧听见寺庙的山门被重重地关上了，我听见晚诵的僧侣的笃的笃敲响木鱼，后来我就倚着寺庙的黄墙睡着了。到凌晨时分我依稀感觉到有人在我身上披了一件薄衫，但我没睁开眼睛，我真的累极了。

我忠心的奴仆燕郎随同曙色一起来到我的面前，当我醒来看见他怀抱着我的双脚端坐不动，看见他的发髻上沾满夜来的露珠，我怀疑自己仍在梦中。我不相信燕郎再次跟上了我，并且伴我在清溪县露宿了一夜。

怎么找到我的？

我能闻到陛下身上的每一种气息，不管相距多远，我都能闻到。陛下觉得奇怪吗？陛下觉得我像一条狗吗？

走了多少路？

陛下走了多少路，我就走了多少路。

我无言地抱住了燕郎，他衣衫褴褛，浑身湿漉漉的。我抱住燕郎就像抱住一株失而复得的救命稻草。紧接着的别后长谈是琐碎和面面俱到的，在谈话过程中我敏锐地感觉到我与燕郎的主仆关系正在消失，现在我们两人就像一对生死同根的患难兄弟。

就在清溪县嘈杂的挤满南迁难民的客栈里，我做出了一生中最重要也是最辉煌的决定。我告诉燕郎我的漂泊旅程已经结束，我想留在清溪苦练走索绝艺，然后在腊八节那天当众献艺，我说两个人也可以组成一个杂耍班，而我无疑将成为世上最优秀的走索艺人。

怎么练呢？燕郎沉默了良久，而后提出了一系列实际问题，上哪儿去找教习的师傅？上哪儿去找走索的器械和空地呢？

不需要那些东西。我推开客栈的窗户，指给他看院子里的两棵酸枣树，我说，看见那两棵树了吗？它们就是上苍赐予的最好的索架，你只要替我找到一根拇指粗的棕绳，我明天就可以开始练习了。

陛下去走索，那么我就学踏滚木吧。燕郎最后向我露出会心的一笑，滚木随处可见，他说，陛下在空中走索，那么我就在地上踏滚木吧。

一切都是从那个夏末初秋的早晨开始的，我记得那天清溪县的天空很蓝很高，太阳很红很大，客栈里的投宿者还在初来的秋风里酣睡，我从左边的酸枣树爬上去，摇摇晃晃站在凌空的绳索上，重重地跌落，然后我从右边那棵树爬上绳索，重重地跌落，如此循环往复，我听见我发自心灵深处的叫喊是多么狂热多么悲壮，燕郎仰视着我，消瘦的脸上挂满了晶莹的泪光。站在客栈门前的小女孩大概是店主的女儿，她睡眼惺忪地观望着我初学走索的情景，起初小女孩一边拍手一边嘻嘻地笑，但突然间她发出了一种受惊的哭声，小女孩边哭边往客栈里跑，小女孩边跑边叫，爹，你来看那个人，那个人他在干什么？

客栈里的人普遍认为我是个游手好闲的破落子弟，在他们看来我每天坚持的走索练习只是一种奇癖，他们凭窗观望，朝我和燕郎指指点点，嘲谑讥讽或者横加评判。对此我视若无睹，我知道我是在高空悬索之上，而他们的行尸走肉将永远滞留在红尘俗泥之中，我知道只有当我站在高空悬索上时，才有信心重新蔑视地上的芸芸众生，主宰我的全新的世界，我知道我在这条棕绳上拾回了一生中最后的梦想。

我发现我的高空平衡能力是如此卓越神奇，一切都是无师自通，当我在一个细雨缤纷的早晨轻松走完长长的悬索，整个世界在我的脚下无声地飘浮起来。九月秋雨点点滴滴洒落在我的脸上，悲情往事像残花败蕊在我的心中重新开放，我泪流满面地站在悬索中央，任凭棕绳的反弹力将我上下震荡，我的身体和灵魂一起跳跃起来，坠落下去，这是一种多么自由而快乐的技艺，这是我与生俱来而被生活所湮没的美妙技艺。我终于变成了一只会飞的鸟，我看见我的两只翅膀迎着雨线訇然展开，现在我终于飞起来了。

看着我，你们看着我。我狂喜地朝下面的人群叫喊，你们好好看看我吧，我是谁？我不是柳公子，我不是燮王，我是一个举世无双的走索艺人，我是一个走索王。

走索王……走索王……走索王。客栈里的人们发出一片哄笑声，他们大概不屑于分享我的喜悦和激情。我听见有人尖刻而鄙夷地说，别去看他，一个装疯卖傻的怪物。我知道这些俗人无法理解我的一切，于是我高声叫着燕郎的名字，燕郎，你看见我了吗？你看见我梦想成真了吗？燕郎其实就站在酸枣树下，他的怀里抱着踏板和滚木仰视着我。陛下，我看见了，我一直在看着你。燕郎脸上的悲悯之情使我怦然心动。

店主的女儿名叫玉锁，那年她刚满八岁，梳两个圆圆的小环髻，穿一件红布衫，走起来像一只轻盈骄傲的幼狐，倚门独坐的时候则像池水上含苞待放的红莲花。

我在悬索上摇晃的时候总是听见玉锁尖叫的声音，小女孩总是倚在石阶上观望我的一举一动，她的笑声矜持而羞涩，她的尖叫则清脆响亮得令人咋舌。客栈的老板娘是个干瘦的脾性暴躁的妇人，据说是小女孩玉锁的后娘，每当玉锁的尖叫声在客栈外响起,老板娘便从厨房或茅厕那里冲过来,一手揪住女孩的环髻,一手高高地扬起来扇打女孩的嘴。我都烦死了,你还在这里鬼叫。老板娘揪着女孩的环髻将她往茅房那里推,白养了你这条懒虫,让你干活你就逃,老板娘说,你在这儿鬼叫什么?你要是喜欢这种下三烂的把戏,干脆把你卖给杂耍班子算了。

从高高的悬索上俯视客栈的院子,小女孩玉锁就像一只可怜的网中小鸟,有很多时候那张泪迹斑斑的小脸从茅房的断墙上偷偷地升起,天真而痴迷的目光依然固执地投向两个习艺的异乡客。不知为什么玉锁让我想起初进燮宫时的蕙妃,我对这个可怜的小女孩渐渐生出了格外的爱怜之意。

燕郎对小女孩的爱怜似乎比我又胜一筹。我从他注视玉锁的眼光里发现了温情和痛苦。我害怕所有的妇人,但我喜爱这个女孩。燕郎的声音听上去很凄恻,我无法猜度他心里在想什么,他用心于我以外的另一个人,而且是一个八岁的稚气正浓的小女孩,这是第一次。我记得在宫廷中曾经盛行过狎童之风,但这种事情发生在燕郎身上仍然令我莫名惊诧。

玉锁似乎也特别喜欢燕郎,她开始偷偷地缠着燕郎教她踏滚木。只要客栈老板娘稍稍放松片刻,玉锁就拉住燕郎的手在滚木上试验起来。小女孩天资聪颖身轻如燕,我看见她很快就能在滚木上应付自如了，我看见她的小脸上飞满喜悦的红晕，小嘴吃惊地张大着。玉锁习惯性地想尖叫但又不敢发出叫声，于是我看见她拽住燕郎的腰带穗子，把它塞进了自己的嘴里，她在滚木上行走的姿势看上去又滑稽又可爱，既快乐又很可怜。

　　我不知道那天夜里的风波是怎么引起的。整个秋季我总是早睡早起以利于白天苦练走索绝艺，我很早就吹烛入眠了，所以我不知道是燕郎将小女孩玉锁骗到他床上的，抑或是玉锁自己跑到燕郎睡铺上来的。大概是拂晓五更时分，我突然被一阵粗鲁而低沉的叱骂声惊醒，面前站着客栈店主夫妻两人，女的正在用最毒辣的清溪方言破口大骂，男的手里托举着一盏油灯，他正在把油灯往睡铺角落里移动。借着昏黄的灯光，我终于看清楚燕郎怀抱小女孩玉锁蜷缩在角落里。燕郎的眼睛半睁半闭，苍白的脸上是一种痛苦和困惑交杂的神情，他怀里的小女孩仍然在熟睡之中。

　　你是什么人？客栈老板将油灯凑近燕郎的脸，愠怒而不屑地嚷起来，来往客商都到妓寮去嫖女人，你怎么敢调戏玉锁？她是我女儿，她刚满八岁呀！你们到底是什么人？是从哪儿过来的下流杂种？

　　我没碰过她。燕郎低下头望着熟睡的小女孩，他说，我不是下流杂种；我只是喜欢她，现在她睡得正甜，求求你们别大吵大嚷地吓着她。

你还怕吵？对，你是怕吵。客栈老板突然冷笑了一声，他扒开了燕郎试图遮挡油灯灯苗的那只手，逼视着燕郎。然后我听见客栈老板切入了另外一个话题，这件丑事你自己思忖着办吧，他说，是想对簿公堂呢还是私下了结？

我没碰过她，我真的没有碰过她。我只是抱着她看她睡觉。燕郎啜嚅道。

这些骗人的鬼话留到公堂上说吧。你要我马上叫客人们来看你的下流把戏吗？客栈老板说着猛地把小女孩身上的薄毡抽去，暴露在油灯下的是玉锁光裸的瘦小的身体。玉锁终于惊醒过来，她从燕郎的腿部滚到睡铺上，伴随着一声受惊的恐惧的尖叫，我不要你们，我要燕郎叔叔。

我看见燕郎向小女孩伸出的双手停留在空中，而后颓然垂落。他开始用一种悲愤的目光向我求援，我相信燕郎也许真的做出了什么言语不清的事，因为我想起曾有一些得势阉竖私蓄婢妾的奇闻，一切就不足为怪了。

你们想要多少钱？我问那个满脸狡诈的客栈老板。

假如你们到清溪的妓寮里买一个雏儿破瓜，那要花上十两银子。客栈老板的语气变得温和而猥亵起来，他向一旁不停诅咒的老板娘耳语好久，最后终于定下了这场要挟的价格，看在你们是熟客的面子上，给九两银子吧，他说，花九两银子买我女儿的贞操，够便宜的了。

是够便宜的。我看了看燕郎，燕郎羞惭地低着头。我的心里突然萌生了一个邪恶而不失温情的念头，于是我又问客栈老板，假如我把你女儿都买下来，让她跟我们走，你又要多少钱呢？

恐怕客官买不起。客栈老板愣了一下，然后佯笑着竖起他的五指，他说，要五十两银子，少一两也不卖。我把她从小养大不容易，卖五十两银子便宜你们了。

好吧，我会凑满五十两银子的。我说完就上前抱起了玉锁，我擦干了小女孩脸上的泪痕，然后把她交给燕郎。抱着她吧。我对燕郎说，她是我们新杂耍班的人了，从今往后，你教她踏滚木，我会教她走索，这个可怜的孩子将要走上正途了。

为了筹集五十两银子，我与燕郎星夜急驰二百里赶到天州南王昭佑的宫邸。昭佑对我的突然驾临既意外又惶恐，他是个胆小如鼠深居简出的藩王，终日沉溺于万年历和星相云图之中。即使是如此隐秘的会晤，他仍然让两名莫测高深的星相家陪伴左右，最后当他弄清我的意图后如释重负地说，原来是五十两银子，我以为你在卧薪尝胆图谋复辟呢。他们告诉我天狼星和白虎星即将相撞，一个火球将要坠到天州地界，你拿上钱就离开天州吧，他们告诉我你是一个沦为庶民的燮王，你的身上火焰未熄，你就是那个坠落的火球。所以请你拿上钱就离开天州去别处吧，请你把灾难带往别处吧。

从天州回返清溪的途中我们默默无语。对于南王昭佑的一番星运之说我们都半信半疑，但有一种现实是毋庸置疑的，在天州的南王宫邸里，我已从一个显赫的帝王沦为一颗可怕的灾星，我在坠落和燃烧，给劫难的燮国土地带来新的劫难。我逃避了世界但世界却无法逃避我，假如这是真的，那我将为此抱恨终生了。从天州回返清溪的途中马背上新驮了乞来之银，我没有羞耻的感觉，也不再为我的乞银之旅嗟叹。在南部广袤的田野里，禾谷已被农人收割一空，放眼望去天穹下苍凉而坦荡，我看见无数发黑的被雨水泡黑的干草垛，看见几个牧童赶着牛爬上野冢孤坟，现在我突然意识到人在世上注定是一场艰辛的旅行，就像牧童在荒地和坟冢里放牧，只是为了寻找一块隐蔽的不为人知的草地。

从天州回返清溪的途中我第一次懂得一个人代表一颗星辰，我不知道自己是在坠落还是在上升，但我第一次感觉到我周身的火，它们在薄衣和风尘之间隐隐燃烧，在我疲惫的四肢和宁静的心灵之间灼灼燃烧。

被卖出的小女孩玉锁骑在一条小灰驴上离开了客栈。那天她穿了紫茄色的新衣和大红的新鞋,嘴里咯嘣咯嘣地咬着一块米粑。被卖出的小女孩玉锁脸若春桃,一路上兴高采烈欢声笑语,有人认出那是茅家客栈里的小女孩,他们问,玉锁你要去哪儿呀?玉锁骄傲地昂起头说,去京城,去京城踏滚木。

那是腊八节前的某一天,天气很奇怪地晴和而温暖,我们提前走上了搭班卖艺的道路,一共三个人,我、燕郎和八岁的清溪小女孩玉锁。我们后来将京城选定为流浪的终点,完全为了满足小女孩玉锁的夙愿。三个人骑着一大一小两条驴子,带着一条棕绳两块滚木离开清溪县向中部而去,那就是后来名闻天下的走索王杂耍班的雏形。

3

走索王杂耍班的第一次当庭献艺是在香县街头，献艺获得了意外的成功。我记得当我在高空悬索上猿走轻跳时，天空中飘来一朵神奇的红云，它似乎就在我的头顶上款款巡游，守护着一个帝王出身的杂耍艺人。聚集在街头观望的人群爆发出缕缕不绝的喝彩声，有人怀着恩赐和感激兼有的心情向钱钵里掷来铜币。有人站在木楼上向我高声大叫，走啊，跳啊，翻一个筋斗，再翻一个筋斗！

在充满纵欲和铜臭空气的香县街头，我把我的一生彻底分割成两个部分，作为帝王的那个部分已经化为落叶在大燮宫宫墙下悄然腐烂，而作为一代绝世艺人的我却在九尺悬索上横空出世。我站在悬索上听见了什么？我听见北风的啜泣和欢呼，听见我从前的子民在下面狂喜地叫喊，走索王，走啊，跳啊，翻筋斗啊。于是我真的走起来，跳起来，翻滚起来，驻足悬索时却纹丝不动。我站在悬索上看见了什么？我看见我真实的影子被香县夕阳急速放大,看见一只美丽的白鸟从我的灵魂深处起飞,自由而傲慢地掠过世人的头顶和苍茫的天空。

我是走索王。

我是鸟。

香县是一块不知忧虑的乐土,即使是这一年战乱不断天灾人祸的冬天,香县的人们仍然在纸醉金迷中寻欢作乐,我曾看见一个醉汉在青楼区疯狂追逐每一个过路的女子,几个富家子弟围住一条狗,在狗的肛门里塞进一颗长捻纸炮,当纸炮炸响时那条狗就变成了一条疯狗,它在街市上狂奔狂吠,使路人仓皇躲闪到路边。我不理解那些人为什么要把一条好狗改造成一条疯狗,我不理解那些人寻欢作乐的方式。

凤娇楼前依然车马不绝。我多次在楼前仰望楼窗里的灯火人影,听见花楼上的笙箫和陌生女子的莺声浪语,听见嫖客们粗野放荡的笑声。蕙妃已经从这家妓馆中离去,楼前灯笼上的品州白九娘的芳名已被抹去,新换的灯笼是塌州李姑娘和祁县张姑娘的。我在妓楼前徘徊的时候,一个跑堂出来摘走了其中一盏灯笼,他朝我瞟视着说,李姑娘有客了,张姑娘正闲着呢,公子想上楼会会张姑娘吗?

我不是公子,我是走索王。我说。

卖艺的？跑堂注意了我的服饰，然后他嘻地一笑，卖艺的也行呀，只要有钱，如今这世道花钱买笑是最合算的事情了，你不知道什么时候就会从绳索上摔下来，摔死了想玩也玩不成了。

我是走索王，永远不会从绳索上摔死的。我拦住了跑堂，向他询问蕙妃的去向，我对他说，你告诉我九姑娘去哪儿了，我一样会给你赏钱的。

九姑娘去京城卖大钱了。都说九姑娘的皮肉生意做得与众不同，你知道吗？她那一套是得了宫廷秘传的，是伺候皇上的。她跟老鸨分赃不匀，一气之下就跑掉啦。跑堂凑过来向我耳语着，突然想起什么，瞪大眼睛盯着我说，你到底是什么人？你老是在这里转悠就是要找九姑娘？

我不知该如何向他解释，于是信口道，我是他男人。

跑堂的表情变得惊愕而好奇，他的嘴里发出一种可笑的嘶嘶的声音，手中的灯笼砰然落地，我的娘，跑堂突然大叫，你就是废王端白？你到凤娇楼来找废妃白九娘来啦？跑堂狂喜地抓住我的衣袖往楼门里跑，边跑边说，上楼上喝茶，不要一文钱，谁让我第一个看见你的天容龙颜呢。

我的半边衣袖就是这时候被拽断的，跑堂的发现使我感到慌乱和恐惧，我挣脱了那只粗暴而热情的手向街上跑去，听见那个机敏过人的男子在凤娇楼前向我高喊，燮王回来，我会替你找到九姑娘，不要一文钱。我向他挥舞着剩余的半边衣袖，用同样高亢激越的声音回答他，不，不要找她，让她去吧，永远不要找她了。

那真的是我内心的声音。我的美貌而命运多蹇的蕙妃，她已经化成了另外一只自由的白鸟。从此我们在同样的天空下飞翔，聚散离合也只是匆匆挥手，一切都印证了各自对鸟类的膜拜和梦想。

殊途同归。

走索王杂耍班子的内幕是被凤娇楼的跑堂揭破的，这个消息轰动了香县城。第二天我们栖身的董家祠堂被市民们所包围，县府的小官吏们穿戴整齐列队在祠堂大门的两侧静候我们出门，其中包括香县的知县杜必成。

小女孩玉锁被外面的人群和嘈杂声吓坏了，她躲在里面不肯出来，燕郎只好把她抱在怀里。那天我睡眼惺忪地面对跪伏在地的人群，听见有人向我高呼万岁，我一时竟无所适从。年逾六旬的杜知县就跪在我的脚下，他的表情混杂着羞愧、好奇和一丝恐惧。请宽恕本县官吏有眼无珠，不识燮王龙仪紫气。杜知县在石板上磕首道，请燮王上驾光莅寒舍吧。

我不是燮王，难道你不知道我早被贬为庶民？

燮王如今虽遭贬难，却依然是堂堂帝王之身，在此停留是本县的造化，民众奔走相告蜂拥前来，小吏唯恐燮王的安全有患，所以恳请燮王上驾离开祠堂，到寒舍暂且躲避百姓的骚扰。

大可不必。我沉吟良久后拒绝了杜知县的邀请，我说，现在我只是一个走索艺人，有谁会来谋害一个走索艺人呢？我不怕众人围观，对于卖艺人观者越多越好，这么多的香县百姓给我捧场，我相信我的走索会做出绝活来的。

这天走索王杂耍班的表演如有神助，观者像蚁群密布在街头空地周围。燕郎和小女孩玉锁的踏滚木已经博得了阵阵喝彩，而我在悬索上做的鹤立亮相激起一片雷鸣暴雨般的欢呼声，人群中响起此起彼伏的哀哭和狂叫，燮王，燮王，走索王，走索王。我知道我作为一个走索艺人已经得到了认可，如此神奇，如此感人。

我还听见了另一种若有若无的回声，它来自那只灰雀不知疲倦的喉舌，那只灰雀从凤娇楼的屋檐上向我飞来，洒下一路熟悉的超越人声的哀鸣：

亡……亡……亡。

从香县街头开始，我的走索王杂耍班名声大噪，风靡一时。后来的《燮宫秘史》记载了走索王杂耍班的绝技和献艺时万人空巷的场面。著书人东阳笑笑生认为走索王杂耍班的成功是一种偶然和意外，"燮历晚期国衰人怨，万业萧条，乐伎梨园中唯走索王杂耍班一枝独秀，并非此班怀有天响绝技，皆因走索王身为前代废君，趋合了百姓看戏莫如看人的心理。一代君王竟至沦为卖艺伎人，谁人不想亲睹古往今来的奇人罕事？

《燮宫秘史》对此的判断也许是准确的，但是我相信没有人能够知道我后半生的所有故事，没有人能够读懂我后半生的所有故事，不管是东阳笑笑生还是别的什么无聊文人。

到了次年春季，杂耍戏班已经扩大成一个拥有十八名艺人二十种行伎的大班子，这在燮国的历史上是绝无仅有的。杂耍班所经之处留下了一种世纪末的狂欢气氛，男女老幼争相赶场，前来验证我摇身一变成为走索王的奇闻。我知道他们的欢呼雀跃是因为我给他们垂死的生活带来了一些欢乐，给天灾人祸阴云密布的燮国城乡带来了一息生气，但我无法承受人们对一个废贬君王的顶礼膜拜，面对人们欢呼燮王的狂潮，我不无辛酸地想到黑豹龙冠的骗局蒙蔽了多少人的眼睛，曾经头戴龙冠的人如今已经逃离了那口古老的陷阱，而宫墙外的芸芸百姓却依然被黑豹龙冠欺骗着。作为一个参与了大骗局设置的人物，我挽救了自己，却永远无法为那些纯朴而愚钝的人群指点迷津。

流徙卖艺的路似乎已接近终点，小女孩玉锁即将抵达她朝思暮想的京城。进京之前我们在酉州搭台献艺三天，似乎有意无意地推迟了重返京城的行期。小女孩玉锁那几天像一只陀螺绕着我旋转，向我打听有关京城和大燮宫的种种事物，我竟然无言以对，只说了一句，到了那里你什么都知道了。小女孩快快走到燕郎那里，我看见燕郎默默地把小女孩抱到膝上，他的目光里饱含着忧愁之色。

为什么你们不高兴？你们害怕进京城吗？玉锁说。

害怕。燕郎说。

害怕什么？害怕京城里的人不看我们卖艺吗？

不。害怕那些我们不知道的事情。

燕郎一语道破我心中的疑惧。随着重返京城的日子一天天逼近，我在酉州城的大客栈里辗转难眠。我想象着我在旧日的臣相官吏皇亲国戚面前的那场走索表演，想象永恒的仇敌端文是否真的已经将我遗忘。假如我在大燮宫后面的草地上搭台走索，是否会有一枝毒箭从大燮宫的角楼上向我射来，最终了结我数典忘祖离奇古怪的一生？不容讳言，我真的害怕那些我们不知道的事情，但我深知走索王杂耍班必须最终抵达京城，那是一场仪式的终极之地。

第四天早晨走索王杂耍班拔栅撤营，十八名艺人带着所有杂耍器具乘坐三辆马车离开酉州北上。那是个薄雾弥漫的早晨，燮国中部的田野充满着柔和的草色和新耕黑土的清香，锄地的农人在路边看见了这群后来悉数失踪的艺人。你们要去哪里？农人们说，北方在打仗，你们去哪里？

去京城卖艺。小女孩玉锁在车上响亮地回答。

春天彭国大举进犯燮国，弯曲绵长的国境线两侧打响了三十余次战役。走索王杂耍班的艺人们对频繁的战争已习以为常，他们朝北迁徙而去，路上谈论着那些业已失传的杂耍技艺，偶尔也谈粗鄙下流的偷情、乱伦以及床笫之事，其间夹杂着八岁女孩玉锁懵懂的半知半解的笑声。在巡回献艺的路上艺人们总是如此快乐，对于即将来临的燮国的灭顶之灾浑然不觉。

他们于农历三月七日凌晨抵京，据《燮宫秘史》记载，这一天恰恰是彭国的万人大军长驱直入燮京城门的忌日，现在看来这种巧合似乎是历史的精心安排。

4

三驾马车通过京城南门时天色微熹，城墙下的水壕里飘来那种熟悉的菜果和死牲畜腐烂后的酸臭味。吊桥放下了，城门洞开着，如果抬头观察城楼上高高的旗杆，不难发现燮国的黑豹旗已经被扯下，取而代之的是彭国的双鹰蓝旗。几个守城的士兵倚靠在城门洞里一动不动，对于凌晨到来的这批杂耍艺人视而不见。赶车的汉子回头对车上的艺人们说，他们大概醉死过去了，他们经常喝得半死不活的，倒让我们省下了进城的路税。

十八个艺人经过一夜颠簸，每个人都困倦不堪，谁也没留意南门附近的异常动静。及至马车停在南门大客栈的门廊前，有几个艺人上去敲客栈的大门，大门反锁着，里面传来一个惊惶发颤的声音，打烊了，你们另找宿处吧。敲门的说，哪有客栈不留客的道理？我们赶了一夜路程，快让我们进来歇歇吧。客栈的门被拉开一条缝，露出店主的半张浮肿的慌张的脸，他说，你们来得不是时候，难道你们不知道彭国人进城了？你们没看见城楼上站满了彭国的士兵吗？

车上的杂耍艺人们从昏昏欲睡中猛然惊醒，回首一望，南门的城墙上果然挤满了黑压压的人影。小女孩玉锁被眼前的恐怖气氛吓坏了，她习惯性地发出了一声尖叫，燕郎立刻捂住了她的嘴。燕郎说，别叫，别出声，现在谁也别出声，彭国人都是杀人如麻的疯子。

城门那里传来吊桥被重新悬吊的咯吱咯吱的声响，然后城门也被彭国士兵关闭了。我突然意识到这座死城之门刚才是特意为我和走索王杂耍班打开的。我不知道这是否意味着我的漫长的行程即将告终。

你看了吗？城门又关上了。你知道彭国人为何单单把我们放进京城？我问端坐在车上的燕郎。

燕郎抱着小女孩玉锁，用双手遮住她的眼睛以免她再失声尖叫。他说，大概他们发现我们是一群卖艺人，大概他们也喜欢看杂耍戏吧。

不，这是一次死亡之邀。我遥望着城楼上的那面双鹰蓝旗在晨风中拂荡，眼前突然浮现出已故多年的老宫役孙信忧郁癫狂的面容，燮国的灾难已经降临了。我说，从我童年起就有人预测了这场灾难，我曾经非常害怕，现在这一天真的来到了，我的心空空荡荡。你摸摸我的手，你再听听我的心跳，现在我平静如水，我是一个庶民，是一个走索的杂耍艺人。我面对的不是亡国之君的罪孽，只是生死存亡的选择，所以我已经无所畏惧。

我们像一群无知的羔羊闯进狼群之中，逃返之路已经被堵断。城门关闭后那些隐藏的彭国士兵从城墙和房屋、树林里冲向街道民宅，我看见一个年轻的军吏骑马持刀在街上狂奔高呼，彭王下令啦，杀，杀，杀，杀吧。

我亲眼目睹了彭国人血洗燮京的惨绝人寰的一幕。疯狂的杀戮从清晨持续到午后，满城都是蓝衣白盔的彭国的骑兵，他们手中的刀剑被人血泡成深红色，盔甲上溅满了血渍和形状奇异的碎肉。满城响彻被杀者临死前的狂呼大叫，那些衣冠不整披头散发的燮京百姓东奔西逃，我看见几个男子趁乱攀上了城墙，很快就被箭矢所击中，看见他们像崩石似的从空中坠落，发出绝望的哀鸣。

在一群彭国骑兵冲向南门大客栈之前，我的头脑里一片空白。我记得是燕郎把我往那堆草垛里推的，躲在这里，他们不会发现的。燕郎说着想把小女孩玉锁也藏进来，但草垛只能容一人藏身，玉锁朝我身边拱来的时候，干草开始窸窸窣窣地剥落。我听见燕郎最后的那句话，玉锁别怕，我把你藏到大缸里吧。然后干草被燕郎迅疾地拢紧，我的眼前变得一片漆黑。

我陷入了黑暗之中，依稀听见马蹄声逼近客栈旁的院子，听见躲藏在树上、鸡窝和车板下面的那些杂耍艺人此起彼伏的惨叫，听见一口大缸被钝器砰然击碎。我至少听见了十五名杂耍艺人死于横祸的惨叫，从他们的声音中可以发现死者对这场劫难猝不及防，可以发现他们曾经是多么快乐多么淳朴的流浪艺人。

我无法分辨燕郎临死的惨叫，或许他在客栈大屠杀中没有发出过任何叫声，从他幼年进宫开始他总是那样沉默而羞怯。后来我在遍地横尸的院子里找到了那口大缸，燕郎坐在缸中，头部垂靠在残破的缸沿上，他胸部的三处创口像三朵红花使人触目惊心。我把他的头部扶正了，让死者面对着劫后的天空，春日的阳光穿透血腥的空气，映红他颊上的数滴清泪。他的唇沿鬓下仍然不着一须，保留了当年那个惹人怜爱的少年阉宦所有的特征。

大缸里的积水和人血溶合在一起，湮没了燕郎的膝盖，我把燕郎拖出来后便看见了缸里的另一个死者，八岁的女孩玉锁，她的小紫袄已经被染成红色，怀里还紧紧抱着属于她的那块小巧简易的滚木。我没有发现玉锁身上有任何刀剑的伤口，但她的鼻息已经是冰凉的纹丝不动了。我想是燕郎的身体为小女孩遮挡了彭国人的刀剑,也是燕郎的身体压死了这个不幸的小女孩。

我终于把上苍赐予的忠诚的奴仆丢掉了。燕郎为我而死,这使他当年在清修堂的信誓旦旦变成现实。我记得他在十二岁初进燮宫时就对我说过,陛下,我会为你而死。多年以后他真的死了,他带走了我送给他的唯一礼品,花五十两银子买来的清溪小女孩玉锁,我想这是他最后的一份挚爱,这是另一种深刻的天意。

杀戮已经停止,彭国的士兵收起他们的卷刃的刀剑,聚集在广场上饮酒。另一群黑衣骑兵开始召集那些幸存的京城市民,将他们往大燮宫的方向驱赶。我挤在那群幸存者中间朝大燮宫走,不时地要跃过一些横在路上的死尸。有人在人流里低声啜泣,有人在偷偷地咒骂彭王昭勉。我边走边看,看的是我自己的双掌。掌上印下了干涸的血红色,无论我怎么擦抹也无济于事,我知道那是异常坚固的他人的血,不仅是燕郎和玉锁的,也是废妃黛娘、参军杨松、太医杨栋以及所有阵亡于疆界的将士的血,我知道它们已经化为一道特殊的掌纹镌刻在我的掌心。那么为什么死亡的邀请独独遗漏了我,一个罪孽深重十恶不赦的人?一种突如其来的悲伤攫获了我的心,我与那群劫后余生的京城百姓同声啜泣,至此我流下了我庶民生涯中的第一滴眼泪。

被驱赶的人群猛然发现前方的天空是红色的。

彭国人放火焚烧了大燮宫。当京城的百姓被带到宫门前,光燮门的木质巨梁上已经升起冲天火舌。彭兵勒令人群站成雁阵观望燮宫的大火。一个年长的军吏用嘹亮而激越的声音宣告他们在燮彭之战中获得胜利:燮国的百姓,你们看着这场漫天大火吧,看着你们肮脏淫逸的王宫是怎样化为废墟的,看着你们这个衰弱可怜的小国是怎样归于至高无上的彭国吧!

我隐隐听见了大燮宫内凄惶绝望的人声,但随着火势的疯狂蔓延,整个宫殿变成一片辉煌的火海,楼殿燃烧和颓塌的巨响掩盖了宫人们的呼号和哭声。火海中是我诞生和成长的地方,是蓄积了我另一半生命、欢乐和罪恶的地方,我以衣袖捂鼻遮挡源源飘来的呛人的烟雾,试图在它行将消失前回忆一次,回忆著名的燮宫八殿十六堂的富丽堂皇,回忆六宫粉黛和金銮龙榻,回忆稀世珍宝和奇花异草,回忆我作为君王时的每一个宫廷故事,但我的思绪突然凝滞不动,我的眼前浮现的是真实的燮宫大火,除了火还是火。我的耳朵里灌满了那只灰雀一如既往的哀鸣。

亡……亡……亡……

第六代燮王端文死于燮宫大火之中。他的被烧成焦炭状的遗骸后来被人从繁心殿遗址下发现，其面目已无法辨认，唯一的物证是那顶黑豹龙冠，它由金玉珍宝镂成，大火未及吞噬，它依然紧紧地扣在死者的头颅上。

第六代燮王端文在位的时候仅六个年头，他是历代燮王之中最短命的一位，也是最不走运的一位。后代的史学家们从历史现象分析，普遍认为端文是亡国之君，是他的孤傲、骄横和自信葬送了一个美丽的国家。

我成了局外之人。这年春天我无数次梦见端文，我的同父异母的兄弟，我的与生俱来的仇敌。在梦中我们心平气和同樽共饮，漫长的黑豹龙冠之争终于结束，我们发现双方都是被历史愚弄了的受骗者。

农历三月九日，彭国的万人大军风扫残云般地掠过燮国所有疆土，十七州八十县尽为囊中之物。传奇式的一代伟人彭王昭勉站在大燮宫的废墟上，面对广场上海洋般的燮国遗民一掬热泪。昭勉亲手升起了彭国的双鹰蓝旗，然后庄严宣布，腐败无能的燮国已经灭亡，从此天下归于神圣的战无不胜的双鹰蓝旗。

据《燮宫秘史》记载，三月之灾中燮国的近百名王室成员及后裔几乎被诛灭殆尽，唯一幸存的是被贬为庶民的第五代燮王端白，其时端白已沦为一个游走江湖的杂耍艺人。

东阳笑笑生在《燮宫秘史》中详尽记载了最后一批燮国当朝人物的死亡方式，计有：

燮王端文：死于燮宫大火之中。

平亲王端武：死于燮宫大火之中。

安亲王端轩：斩首，身首分离于安亲王府和街市。

丰亲王端明：磔毙后被投入丰王府水井之中。

东藩王达浚：战死于抗彭战场，后人为其修筑东王墓。

南藩王昭佑：降彭后为贴身卫兵所杀。

西北王达渔：五马分尸后市民将其手足浸泡于酒坛之中。

西南王达清：出逃姚国途中死于流箭。

东北王达澄：吞金自杀。

丞相邹令：跪拜彭王时被彭王亲手刺毙，为后人唾骂。

前丞相冯敖：以头额撞墙而死，是为燮国一代英臣。

王后皇甫氏：白绫缢死。

兵部尚书唐修：燮灭后忧愤成疾咯血身亡。

礼部尚书朱诚：全家皆服鸩毒而死以示亡国之辱。

御前都军海忠：暴尸于菜市，死因不详。

5

我的燮国，我的美丽而多灾多难的燮国，如今它已不复存在，它如此自然如此无奈地并入了彭国的版图，使许多哲人的谶语变为了现实。

燮京已被彭国的统治者易名为长州。这年春天彭国的工匠们在长州城里大兴土木，建起了许多形状古怪的圆形房屋、牌坊和寺庙。到处是钉锤之声和彭国人短促难懂的鴃舌俚语，他们似乎想把燮王朝的所有痕迹都抹得一干二净。长州的居民如今都换上了彭国的繁琐臃肿的服装，他们在满地废墟上择路而行，神情疲惫漠然。对于他们来说，动荡不安的生活仍在继续，不管是燮京还是长州，他们世代居留此地，他们得小心翼翼地生活下去。

我像一个孤魂在大燮宫的废墟上游荡，这块废墟业已成为长州百姓拾珠敛宝的天堂。许多人从早到晚在残檐破瓦中拨拨拣拣，期望发现那些被彭国人遗漏的金银珠宝。有人为一只鹤嘴银壶争吵不休，最后厮打起来，卷入者越来越多，当那个壮汉抱着鹤嘴壶逃出废墟时，许多妇人和孩子捡起碎砖向他扔掷过去。我看见一个男孩远离人群蹲在一堆瓦砾中间，专心致志地挖着什么。后来我就站在男孩后面，默默地观赏他的劳作。男孩十二三岁的样子，脸上被土灰涂得污秽不堪，他的黑眼珠警惕地望着我，也许是怕我抢走他的宝物，他迅疾地脱下布衫盖住了脚下的那堆东西。

我不要你的东西，什么也不要。我伸出手摸了摸男孩的头顶，给他看我洁净的双手以证明我的清白，我说，挖了这么久，你挖到了些什么？

蟋蟀罐。男孩从裆下抱出一只鎏金澄泥罐，他把它捧起来时，我一眼认出那是我儿时在宫中的宠物。

还挖到了什么？

鸟笼。男孩又掀开了布衫给我看布衫下的两只花网鸟笼，鸟笼已经被重物压扁了，但我同样认出那是从前挂在清修堂里的一双鸟笼，我甚至记得离开清修堂那天笼里养着的是一对红嘴绿羽的锦雀鸟。

我朝那个男孩笑了笑，替他把鸟笼重新盖上，我说，这是第五代燮王儿时的玩物，也许价值连城，也许一钱不值。你留着它们吧。

你是谁？男孩狐疑地望着我说，你为什么不来挖宝？

我就是那个藏宝的人。我轻轻地告诉男孩。

十七名杂耍艺人安葬在长州的无名墓里。那是旧日的粮库的遗址。大燮粮库里贮积的粮食在战乱后已被哄抢一尽，空留下许多苫席和偌大的一片茅草屋顶。我把燕郎、玉锁以及其他十几名艺人的尸首埋在这里。我不知道是谁首先把粮库作为坟地的。那天我仿效一些市民殓葬的方式，把十七名流浪艺人的尸首一一搬上板车。我推着那辆沉重的运尸车趁天黑躲过了彭国人的岗哨，跟随他人来到了粮库。粮库四周的空地已经挤满了新坟，我不得不见缝插针地挖出坟穴，让那些死于非命的杂耍艺人拥有一块狭小而散落各处的坟地。同行的几个丧夫已经早早地殓葬完毕，他们坐在坟堆上喝着烈酒以消除春夜的寒气，有人很好奇地跑过来看着我说，怎么埋这么多的死人？都是你的家人吗？

不，是走索王杂耍班的艺人，是我把他们推到彭国人的刀刺下的，我必须让每个人入土为安。

埋浅一些好了。那个人沉默了一会儿说，反正雨季来临时尸首也烂光了，反正这种殓葬就是骗骗活人的良心。埋死人要有力气，也要讲窍门，假如你肯给我几个酒钱，我帮你埋，不消半个时辰就埋完了。

不,让我一个人来干。我坚定地拒绝了那个丧夫。

我记得那天夜里没有月光,粮库旧址的四周漆黑一片,趁黑夜前来偷埋死人的丧夫们都已离去,只剩下我一个人。我记得我没有任何恐惧的感觉,只看见天在一点点发蓝发亮,持锹的双手泅出丝丝血痕,疼痛已经变成麻木。鸡叫三遍的时候我把燕郎和玉锁合葬在一个最深最大的坟穴中,当最后一锹湿土盖住燕郎青灰色的脸,盖住玉锁手里的那块滚木,我的身体像一堵断墙颓然倒下,现在没有谁再用忧伤的眼睛来责备我了。现在我真的断绝了与旧时代的最后一丝联系,燕郎死了,我真的是孤身一人了。

我躺在燕郎和玉锁的新坟上,用苫席作被坟头作枕睡了一觉。我说过我永远不会成为那种随处可睡的脚夫和乞丐,但那天我实在太累太困了,在黎明的曙色中我睡得从未有过的酣甜。天空与我如此贴近,诱使我做了无数关于鸟类的梦。我梦见的所有鸟都是洁白如雪的,我梦见的所有天空都是透明无边的。我梦见所有鸟都飞上了天空。

我梦见了一个新的世界。

背囊中如今又是空空如洗,只剩下一本破烂的《论语》

和一卷走索用的棕绳。我想这两件风马牛不相及的物件对我的一生是最妥帖的总结。

多年过去我仍然无心静读《论语》，但我把这本圣贤之书连同棕绳一起收藏起来。我想只要我不用棕绳做颈圈了断一生，总会有闲情逸致读完《论语》的。我想起久别多年的僧人觉空，他的淡泊而超常的箴言，他的睿智而宽恕一切的表情，现在正向我闪烁着神祇的光轮。

与蕙妃邂逅相遇是在长州的旧货集市上。我无法判断她蓬头垢面絮絮叨叨的样子是否是疯癫的标志，她坐在人头攒动熙熙攘攘的旧货街上显得恰如其分。我看见她在向路人兜售一沓颜色各异精裁细剪的诗笺。看看吧，这是好货，她用一种喑哑而急迫的声音向路人重复着，是五世燮王的风月笺，是真迹，是好货，你买去不会吃亏的。

我远远地观望着蕙妃，没有去惊动她的独特的别出心裁的买卖。我希望有人停下来和蕙妃讨价还价，但前来旧货集市的人似乎只对锅碗瓢盆一类的东西感兴趣，甚至没有人朝蕙妃手上的诗笺张望一眼，也许在路人的心目中那沓诗笺是分文不值的垃圾。

那是一个温暖的春日午后，我远远地观望着旧货街上的蕙妃，依稀闻到一种谙熟的薄荷、芝兰和墨砚混合的香味，它在午后的旧货街上若有若无地浮动。我知道它不是来自那沓待售的诗笺，不是来自那个命运蹉跎的风尘女子的体肤，它是我旧日生活的最后一缕回忆。

那也是我在故国羁留的最后一天。第二天彭国人开通了封闭多日的道路交通，我混迹在一群挑盐的脚夫中间逃出了这个伤心之城。

是为农历乙亥年三月十九日。

6

　　我的下半生是在苦竹山的苦竹寺里度过的。那是一个远离彭国也远离燮国故土的地方，在从前的几个世纪里一直是无人管辖的高山林区。据说是我少年时代的老师僧人觉空首先发现了这个世外桃源，他先于我八年抵达此地，拓垦了粮田和菜园，所谓的苦竹寺也是他花费三年之时慢慢建成的。

　　我辗转抵达苦竹山时僧人觉空已经圆寂。他给我留下的是一座山间空寺，空寺外是一畦杂草萋萋的菜园，菜园中央竖着那块后来被世人称颂的木牌，上书"一畦王"三个大字。在丛草中我捡到了幼时在燮宫习字用的那支狼毫，这意味着僧人觉空已经等了我八年。

　　后来彭国和陈国、狄国交战，那些逃避兵役的人拖儿带女纷纷向苦竹山迁徙而来，苦竹山慢慢变得人丁兴旺起来。后来的人都在山下居住，遇到天气晴好的早晨，他们可以清晰地看见山腰上的寺庙，看见一个奇怪的僧人站在两棵松树之间，站在一条高高的悬索上,疾步如飞或者静若白鹤。

那个人就是我。白天我走索,夜晚我读书。我用了无数个夜晚静读《论语》,有时我觉得这本圣贤之书包容了世间万物,有时却觉得一无所获。